당신, 아프지마

J.H CLASSIC 082

당신, 아프지마

송유미 시집

지혜

시인의 말

"…하늘은 하늘을 버려야 빛을 얻고, 강은 강을 버려야 바다를 얻고, 꽃은 꽃을 버려야 열매를 얻고 나는 나를 버려야 세상을 만난다…"

『이별보다 슬픈 시; 빛남, 1997』를 '지혜사랑' 반경환 주간 (시와 사상, 창간 책임편집위원)의 기획에 의해 분갈이再改·增補하면서, 정영태 시인의 술패랭이꽃 같은 산문을 더 했습니다. 딴은, 지역 문학 활동에 심장이 뜨거웠던 화양연화 시절, 김경수, 박강우, 강달수, 배기환, 정익진 시인 등의 교류도 부박했던 시혼의 자양분이었습니다. 종종 앞을 가늠할 수 없는 시의 거울 속에서 연꽃 미소를 보여준 선표와…사숙私淑, 설초 김준오 문학평론가, 정영태 시인께 이 시집을 바칩니다.

…고지연 일문학 번역자, 김영민 시인·철학자, 김필남 문학평론가, 박창희 전 국제신문 대기자, 정재규 시인, 정훈 문학평론가, 최영철 시인, 하상일 문학평론가께 감읍하며, '고심당' 목련에게 큰 절을 올립니다.

송유미

5

차례

1부 그리움은 바람이 되어

2부 슬픈 것들을 그리워 하자

3부 흐르는 거울이 되어

4부 마음은 천이나 진정은 하나

• 일러두기
　페이지의 첫줄이 연과 연 사이의 띄어쓰기 줄에 해당할 경우 > 로 표시합니다.

1부

그리움은 바람이 되어

당신의 집

당신이 살지 않는 집은
모두 빈집
빈 거리
텅 빈 지구
텅 빈 심장

누가 새집에서
당신 이름 부르며 운다

횡단보도 강

　— 최정례 시인께

하루에도
수백 번씩 횡단보도 강 건너
그대에게 간다

'시베리아 푸른 눈' 같은
신호등 속에서
저 햇빛 사나와 우글우글
아이구 저 호랑이 새끼들*
하얀 머리털 날린다

단 3분간 해후를 위해
쉼 없이 흘러왔건만
서로의 손금을 보지 못한다

강물은 흘러서 두 번 다시
발을 담그지 못하는데

그대는 나에게로
나는 그대에게로
발목 없이 가고 있다

13

>

볼을 스치는 바람도
용서받지 못한다는
레테의 강을 건너서

* 최정례 『햇빛 속에 호랑이』에서.

황금빛 아침에 도아에게 주는 詩

　백제 미륵사지에서 보았습니다. 캄캄한 벼랑을 만난 신라 마지막 사랑이 어질어질 손바닥을 땅에 짚고 일어서는 것을요. 우리의 쓰러진 마음은 누가 일으켜 세웁니까. 가장 힘없는 풀들이 손과 손을 잡고 스크럼 짜며 일어섭니다. 오늘 있었던 두 다리가 내일 사라졌다면 그 절망의 단애 끝에서 두 눈을 지그시 감고 양팔을 벌려보세요. 햇빛 가루 날리는 겨드랑이에서 날개가 솟아나고 바람이 그대가 원하는 곳으로 데려다 줄 것입니다. 천길 벼랑에 매달린 한 떨기 꽃이 행려병자의 죽은 영혼을 살려내기도 합니다. 도회 가로수 그늘 아래 빌어먹고 살아온 낯짝으로는 감히 알지 못할 것입니다. 철통같은 국경을 오체투지로 넘어온 서동방의 지칠 줄 모르는 사랑은 부서져 내릴수록 사직社稷으로 일어섭니다. 가고 없는 쓸쓸한 잿더미 위에서 소금佛 하나 둘… 일어섭니다. 그대, 두 눈이 있다가 사라진다 해도 두려워하지 말아요. 둘이 있어도 마음이 어두우면 온통 숯검정뿐입니다. 먼동은 가장 먼저 눈을 뜬 자에게만 황금빛 아침을 노래하니까요.

찔레꽃 당신

당신이 좋아하는
찔레꽃이 피었습니다

등굣길 시오리까지 따라오며
하얗게 피었습니다

한 잎 두 잎
당신의 미소처럼
곱게도 피었습니다

당신, 아프지 마

― 연두에게

하늘에 구름이 없다면
얼마나 모래사막일까
겨울나무에 낙엽이 다 떠나버린 것 같겠지

그대 눈동자 속으로
출근 못 하는 날은
세상살이 힘들고 고달픈 날

제발 아프지 마

그대 아프면
이 세상 사람들
슬픈 인형으로 보이니까

아프지 마
당신만 생각하며
젖 먹던 힘까지 내봐

나는 착하디 착한 당신 위해
내 영혼의 피로 시를 쓸게요

동백꽃 우체국

곰솔 숲에 씻긴 파도 소리 들려오는 금련암 우편함

본디는 새집이었을까

새집이 우편함이 되었을까

스님은 무슨 다정多情이 그리 많아

새 둥지를 우편함으로 갖고 사는지

아무려나 해종일 아무도 오지 않는 숲속

동백 꽃잎은 붉은 소인을 찍고 있다

色界
— 선표에게 2

당신, 여기는 느티나무의 얼안입니다

오후가 지나는 동안 팔 한짝 사라졌습니다

오래도록 기차는 오지 않고

기차표와 남은 팔 한짝을 바꿉니다

그런데 여기가 어딜까요 어디까지 왔을까요

내가 떠나온 마음은 그대로일까 궁금합니다

덩그러니 혼자 뜰 그 달이 그립습니다

당신, 바람이 붑니다

팔이 닳도록 헤엄쳐 왔으나

여전히 생게망게한 몸입니다

곧 아침입니다 시간은 물갈이한 듯 깨끗합니다

밤새 기다렸던 이슬은

가시덤불 속에 쓰러져 있습니다

바람은 앙상한 뼈만 남기고 사라졌습니다

주소가 없는 이곳,

다시 별이 뜨는 동안 나는

다리 한 짝과 전생前生을 바꾸어야 합니다

꽈리꽃 피리 불면

세월은 …도…미…솔로 자라는 계단이에요. 파라솔을 쓰고 한탄강에 갔어요. 물살은 크레셴도로 커져갔어요. 바람이 굽이쳐 내 귓속을 돌아 나왔어요. 나는 꽈르르 꽈르르 귀로 우는 새였어요. 제대로 울어야 제대로 듣는 그런 새요. 흐르는 물소리 따라 흐르다가 고이다가 다시 골짜기가 되었어요. 너무 울다 보니 그만 눈에서 별빛이 쏟아졌어요. 멈출 듯 흐르는 음吾과 음 사이 많은 사람이 흘러가고 있었어요. 아니 그건 돌아오지 않는 사랑이었어요. 허파꽈리에 흥건한 그리움이었어요. 지구 한 바퀴 돌아와서, 내 옷깃에 매달리는 소리의 향기… 돌아서 귀를 씻는 몸 밖에서 피던 꽃이 다 지고…

호주머니 가득했던 강물이 흘러 흘러
그 누구에게로 흘러갔는지 몰라요.

날마다 기적

하얀 소금꽃 분분한
손바닥 두 장 뜨거운 석쇠 위에서
노릇노릇 구워지고 있습니다
우리의 하루는
점점 길이가 짧아지고 있습니다
늙은 동백은
초승달을 입가에 지그시 물고
한 자 한 자…
동박새가 찾아와
아름다운 노래를 들려주니
기적이라고 시를 씁니다

곱디고운 당신은
매일 새벽 출근 위해
신발 끈을 조여매고요

화양연화
― 굴참나무 편지

당신,

속이 깊은 옹이 속에서 비를 긋던 그날을 기억하시는지요. 바다가 보이는 자드락 길에 서 있던 총 맞은 굴참나무 말입니다. 나는 이곳에 산 지 꽤 오래되었어요. 지금 내 곁에는 발에 차이는 돌멩이들…쓸쓸한 십년한창十年寒窓같아요.

우리는 먼 기억 속에서 어떤 아름다운 굴욕을 버티며 발목이 시리도록 긴 산책을 하였을까요. 군화 발소리는 재갈 물린 비명 같았지요. 툭툭 이마에서 피가 흐르는 돌멩이는 어떡하고요.

당신,

죽은 귀신고래들이 떠다니는…미포 앞바다와 조선소를 잇는 하천 냄새나는 그 공굴을 기억하시죠? 종종 어둠의 굴속을 뒹구는 내 영혼은 수류탄처럼 폭발해요. 하오나 견디는 일에 익숙한 굴참나무. 사람들이 내 뒤통수에다 함부로 툭툭 던지는 돌멩이들이 나도 들어가 보지 못한 내 심장에다 퐁당퐁당 물수제비를 뜹니다…가시 뼈 앙상한 가지마다…빗방울이 영글어가고…달빛 은화지에 써 내려가는 이 마지막 편지 즐겁게 읽어주세요.

昨今, 종주먹만 한 열매들이 내 棺속으로 떨어지네요. 내가 눈을 뜨면 당신이길 축원해요.

첫사랑 乭伊

    수리재 마을, 상머슴의 큰아들 돌이 열다섯 살에 대동아전쟁 터에 나갔다가, 칠십 년 만에 고향으로 돌아왔다네 돌 속 일렁이 는 달빛으로 돌아왔다네 일제강점기 학도병으로 끌려가서 미제 폭격기에 몸뚱이가 산산이 조각난 乭伊, 한 많은 대한해협 건너, 별빛으로 돌아왔다네

    출격 전날 삼배하고 싹둑 쇠가위로 자른 머리 몇 올과 손톱 발 톱 잘라 넣어둔 편지함 안고서, 바람이 되어 돌아왔다네

    초가지붕 위 개망초풀이 한 자나 자라 있고 멧돼지 내려와 쑤 시고 다니는 안마당, 들아욱이 자라, 흉흉한 돌무지 곁으로, 방 앗간 집 분이가 울며불며 옷깃 잡던 하얀 찔레꽃길로 부석浮石이 되어 돌아왔다네

    낮이면 해를 따라 맴돌고
    밤이면 달을 따라 맴돌며

관촉사 우체통에는 동박새가 운다

사각 학사모 쓴,

은진미륵 바라보는 관촉사 붉은 우체통 마주하니

내 심장을 훔친 그대가, 내 안에서 시詩를 쓰네.

달은 호수에 빠져 허우적대고

가만히 눈 감고 기도하는

열 손가락에서 촛불이 연달아 커지네.

동박새는 동백 숲에만 산다는데

관촉사 우체통 속에서 우네.

끝내 재가 되고 말 몸뚱이가 무슨

경계가 이리 많은지, 혼을 태워 쓰던 편지를 찢네.

시를 찢네. 무얼 써도 바람도 구름도

능가할 수 없는데, 한 치 앞을 내다볼 수 없는

안달이 자꾸 편지를 쓰네. 시를 쓰네.

장안사 홍매화

이 세상 어디 가도
만날 수 없는 꽃
당신인 줄 알았는데
세상 모든 꽃은
나를 위해 피고 지네
자신을 사랑하는 사람만이
남도 사랑할 줄 안다는데
생애 절반을 좀도둑처럼
남의 마음을 훔치고
사랑이라 믿었네
'애써, 그럴 것이다'
세상 모든 사랑은
찬란한 후회의 장르에 와서
눈을 뜬다

세상 어디에도 없는
기장 장안사에서만 피는 홍매화
생애 딱 한 번
무심한 봄을 위해 活活活
소신공양 중!

탱자의 편지

남해 노도에 갔지요.
뾰족한 가시들 다투어 허공을 할퀴고 있었지요.
구운 굴비 한 마리 올려놓고
삼단머리채 풀고 우는
한 많은 파도 소리도 있었지요.
탱글탱글 가시 손톱 끝에 피 흘리는 봄도 보았지요.
고통밖에 없는 사랑이 사랑이냐고
오고 갈 곳도 없어 찾아온 나그네를
죽은 당신이 산 사람들보다 더 다정하게 반겨주었지요.
하필이면 바닷가에 와서
상한 고등어 먹고 온몸에 열꽃이 피었지요
검은 보자기 덮어쓰고
쪽마루에 나와 괴로워하는데
민박집 할머니는 가시 독에
가시만큼 좋은 게 없다며
시큼한 탱자물 한 사발 사약처럼 억지로
코로 귀로 눈으로 마시게 했지요.
자꾸 탱자꽃 향기가 내 몸에서 뿜어져 나왔지요.
가시나무 새들은 가시면류관 쓰고
울멍울멍 햇살에 찔려 살이 터지는
탱자 울타리 품을 파고들며 울었지요.

그대는 선물처럼 내게로 왔어

자기야, 생일 축하해.
이 세상에 자기가 태어나지 않았다면
이 세상은 얼마나 적막할까.
그걸 상상하는 것만도 검은색이지.
남은 날은 작지만 우리 함께 걸어가자.
함께 걸어가서
저문 바닷가, 수평선 바라보다가
순기비나무가 되자.
자기는 선물처럼 내게로 왔어.
자기 생일을 축하해.

전등사 가는 길

그대, 우리 너무 오래 마음에 불을 끄고 사는지
내 안에 환했던 그대, 소식 한 장 없고
가물가물 불씨 일렁이는 그리움 앞세워
전등사 가는 길, 노랗게 꽃등 밝힌 개상사화 본다
등잔처럼 환하게 세상을 밝히자던 우리의 약속,
뜬구름 바람 잡던 한 시절 덧없는 밑그림이었을까
꽃이 피고 잎이 져서 감나무 끝에 매달린 까치밥,
누군가 밝혔을 저 등잔 하나
그만, 눈부셔 까맣게 그을린 목심지가 뜨겁다
상수리 숲속을 뛰어다니는 다람쥐 떼
한 톨 도토리, 찾는 발소리 끊임없고
지치고 헤매는 바람 소리 요란하다
가난에 어두워져도 그을리지 않겠다고
석유 등피 닦던 날도 있었건만 알 수 없이
어두워져 나도 나를 읽을 수 없다
전등사에 가면 까맣게 불 꺼진
마음을 밝힐 수 있는 것인지
가물가물 꺼져가는 봉홧불 밝혀
전등사 가는 길, 지친 일몰은
힘겹게 집어등을 전등傳燈하고

염하를 건너가는 지친 몸이 먼저 불을 지피는지
발등이 자꾸 뜨겁다

그대에게 바치는 詩

살아온 모든 것이 빈 주머니!

잃은 것도 얻은 것도 없는
빈 호주머니를 굴러다니는 댓잎 소리
가슴과 가슴을 비벼대는 풀잎 소리

미친 듯이 비바람 속을 달려와서
그대에게 바칠 것은
꼬깃꼬깃 때묻은 시 한 편

처용 아바타

죽도竹島 갔더니 동백꽃 피었다고 그 여자 놀다 가라 잡았지 온
몸을 뒤틀듯 꼬아대는 윤슬도 있었지 수태를 잊어버렸는지 바다
에는 해파리떼도 보이지 않았지 제 몸을 내주며 살아온 바다나
작부 신세나 뭣이 다를까 싶었지 처용 아재마저 난바다로 떠난
지 오래인데, 하롱하롱 동백꽃이 젓가락 장단에 맞추어 지고 있
었지 한 장 두 장 꽃잎을… 떠나보내고 뒤돌아서는데 그것은 당
신을 떠나보내는 장례식 같았지 예까지 찾아와서 죽은 당신을
다시 떠나보내야 하는 이유를 나도 알 수 없었지 수십 년 세죽 신
세인 댓잎 하나 가슴팍 뒤집는 창을 시작했지 여인이 한을 품으
면 오뉴월에도 서리가 내린다던데, '죽도집' 간판이 기름띠 출렁
이는 을씨년스러운 바다에 폐선처럼 떠다니는데, 암내 펄럭이
는 죽도집 늙은 여자를 내버려두고 돌아섰지…1968년 신파조
흑백 영화 속에서…

사랑海 가면

사랑海에 가면 용궁이 있다
마음 깊이깊이 살아있는
그대와 나만 아는 집

그대 은밀한 치맛자락에 떠오르는
둘만이 아는
해랑寺

길은 멀어
한번 가면 오지 못하는
깊은 그곳에 버려두고 온 종소리가 운다

댕댕댕…빗금 긋듯 무너지는
내가 처음 지은 절 한 채.

가는 길도 오는 길도 잊어버려
꿈에서나 가볼 수 있는 해랑寺

깊고 깊은
사랑海에
잠겨버린 해랑寺…

2부

슬픈 것들을 그리워 하자

모란실로암 공원
— k선생께

당신
온종일
새똥 묻은 비석만 닦다가 돌아왔습니다
손목 아리도록
밥풀꽃 어지러운
상석만 닦다가 돌아왔습니다

그렇게 좋아하시던
'라흐마니노프' 피아노 협주곡 2번과 청자 담배 한개비랑
따뜻한 커피 한잔 두고 왔습니다

사랑은 다 지고 없는데

어디에도 내다 버릴 수 없는
그리움 몇 개
향로에다 꽂아두고 왔습니다

분수

누구일까
가슴을 이처럼 솟구쳐
정지될 수 없는 사랑을 알게 한 이는
누구일까
살을 저미듯 적셔오는 종소리
천년을 알게 한 이는
바람은
나를 흔들어 하늘을 흔들어
눈가를 적시는 피눈물을 알게 하지만
한순간도 잊을 수 없어
자폭의 계단을 수없이 오르내리며
나를 버리는 까닭을
오, 알게 한 이는

푸르르게 슬픈 것들을 그리워하자

차를 몰다가 엔진이 꺼져버리면 어떡하죠
알맞게 슬픔은 마이너스 된 세상.
슬픔을 주유하는 곳이 있다면 한 트렁크 담아오고 싶어요

언제였던가요. 영안실 빈소 앞에서도
눈물 한 방울 나오지 않던 사막의 마음
그 비정함 때문에, 간간이 고지대 수돗물처럼 흘러나오던
참으로 비참하던 기억. 울고 싶으면 울어야 인간적이죠

사람들은 우는 모습을 보이고 싶어 하지 않죠
굳세고 단단한 무쇠여야 살아남을 수 있죠
살아남기 위해 단단히 자물쇠를 채워두었던
슬픔의 창고. 그 창고를 열고 싶어요

슬픔은 나약한 자의 것
우울은 가난한 자의 것
오감이 폐기처분된 세상은
플라스틱 가구처럼 깨끗하죠

깨어지지도 부서지지도 않는 플라스틱 세상 속에서

전 마네킹이 되어가죠
아 그리운 슬픔
아 그리움이 말라버린 나무를 보며 난 생각하죠

슬픔은 얼마나 아름다운 생수인가를.

슬픔을 주유하고 싶어요
입안 가득 슬픔의 잎새를 물고
필리리 필리리…푸르르게 슬프고 싶어요

눈썹달

폭풍주의보에 뱃길 묶인 지 사흘
뭍 떠난 지 삼 년이라는
3등 갑판원은 낮술에 취해 잠들고
하루에도 서너 번씩
작부처럼 제 몸을 내주는 외항에서
총총히 발 묶인 그리움을
편지지에 옮겨쓰면
뱃멀미 이는 풋사랑이여,
선술집 흘러간 노랫가락이여

"와도 그만 가도 그만 방랑의 길은 먼 데…"*

흐느끼듯 신음하는 파도 소리
기약 없어라 속절 없어라
악착같은 뱃고동 소리
따라오는 눈썹달
고약한 괭이갈매기
이쁜 건 어찌 알고
목숨 걸고 가로채서 날아간다

* 오기택 〈충청도 아줌마〉 옛노래 중.

지하 2층
노래방에서 걸어 올라온 오리나무

이 빌딩에는 어두운 숲을 걸어 다니는 오리나무 한 그루 산답니다 뒤뚱뒤뚱…뒤뚱뒤뚱…건물 밖으로 한 발자국도 나가보지 못한 오리 한 마리 삽니다 오리五里도 걷지 못해 주저앉은 정박아의 세월이 그려놓은 집 한 채, 노을을 등에 지고 저뭅니다 넓은 유리창이 연경* 사막처럼 쓸쓸하다고 편지를 써 보낸 당신이 오늘 밤 내 몸속에다 가시투성이 장미꽃을 꽂아두고 사라집니다 벽 속에 드라이플라워처럼 말라가는 저 시계는 항상 정오의 태양을 향해 돌고, 화분에 옮겨 심은 생각 속에는 푸른 은어 떼가 삽니다 나는 내 영혼을 팔아 한 끼 먹기 위해 손가락 아프게 자판기를 두드립니다 더러 절망은 술병처럼 깨어져 흩어집니다 가끔 연민에 싸여 수족관 속에 그리움을 풀어 놓기도 합니다 푸른빛이 떠도는 관槃속에서 어둑어둑 길 하나 저뭅니다 지하 2층 노래방에서 걸어 올라온 먼지들이 더러 흥얼대다 사라집니다

* 북경의 옛 이름.

五六島

나는 그녀를 안다고 말할 수가 없습니다
그녀를 본 일은 있지만
벗은 몸을 본 일이 없습니다
늘 숫처녀처럼 가슴을 가립니다
여섯 개의 나뭇잎으로 이마를 가립니다
파도 자락을 세게 잡아당길수록
그녀는 깊은 바다가 됩니다
그녀의 눈썹밑을 지나
다섯 개의 발가락에 이르도록
새벽까지 걸어가면
잉크 빛 신음만
내 눈가에 파랗게 묻어납니다

종이 여자

숨기고 싶을 때 확실히 구겨 주는 여자. 헤어지고 싶으면 선혈도 없이 찢어져서 냉정하게 돌아서버리는 여자. 밤새도록 사랑을 받아써도 바닥을 보이지 않는 여자. 더는 얼굴이 생각이 나지 않아 지우개로 지워버리면 하얀 치아를 드러내며 웃는 여자.

단 한 번의 통정通情에도 가슴에 까맣게 재를 남기는 여자. 만날수록 순수해지는 여자. 풍선보다 가벼워 작은 유혹에도 속마음을 보이는 여자. 싫증 나면 접고 접어 학처럼 날려버릴 수 있는 여자. 작은 빗방울에도 온 몸이 젖어버려 눈물처럼 흐느끼는 여자…….

백치白痴같은 여자. 돌아누우면 또다시 아무것도 읽을 수 없었던 여자. 아침이면 지울 수 없는 흔적으로 또 나를 꿈꾸게 하는 여자.

−내가, 너같은 여자 어떻게 버릴 수 있니?

아마島

전생에 만났던 섬 하나
가슴의 바다에 띄워 놓고서
겨울이면 그곳에서 낚싯대를 드리웠습니다
하나 둘 셋…그렇게 징검다리 밟으면서
다음 풍경을 기다리고 있습니다

미조迷鳥

정해진 구도를 벗어나
다른 하늘을 나는 거야
무한한 자유를 두고
왜 스스로 갇혀서
운명을 한탄하는지
설레면서도
망설이는 우주를 두고
날 수 없는
자유를 그리워하는지
몸부림치듯
자신을 죽여야 하는지
노래할 수 있는
많은 기쁨을 두고
남의 흉내만 내다가 사라지는지

종이달

나는 가만히 있고 그대는 간다
그대는 가만히 있고 나는 얼후소리처럼 달을 통과해
움직이지 않아도
만날 수 있는 곳을 향해
새가 되어 날아가고 있다
가면서 부르는 이름들
모자처럼 날아간다
날아가는 모자는 다시 쓸 수 없다
가도 가도 만날 수 없는 이름만 다가온다
만나도 만나도
낯선 얼굴만 구름 되어 흘러간다

걸어도 걸어도 끝나지 않는
길 위에서
그대가 나를 믿어주면 진짜로* 보이는 종이달 아래
장미는 향기를 뿜어낸다 가시는 고통을 꽃피운다

* 재즈곡 〈종이달〉 가사에서.

모텔 선인장*

비가 오면 연인들은 선인장처럼
서로 몸에 가시를 박으며 뒹굴었다.

사막에서 만난 이들은
몸을 주어도 마음은 주지 않았다.

온몸이 가시였던 이들은
피 묻은 새가 되어 걸어 나왔다.

* 박기용 감독의 영화 제목 인용.

길상사 나무 우물

　길상사 겨울나무 속으로 들어간다는 그 남자의 편지.

　나는 그 편지를 품고 잠이 들었다. 꿈속에서 겨울나무는 출렁출렁 우물로 걸어왔다 걸을 때마다 집들이 넘치고 도시가 넘치는 그 남자의 겨울나무…

　나는 그 우물 속으로 깊이깊이 걸어 들어갔다. 김이 모락모락 올라오는 우물이 내 가슴에도 고여왔다. 그 깊은 전생의 계단을 내려갔다. 구절초 같은 그 미소에는 귀소歸巢가 보였다.

　깊이 밟으면 내려앉을 다리 위의 집.

　몸은 숨겨도 마음은 숨길 수 없었던 세상의 싸리문들.

　우리는 잎을 다 떨군 겨울나무속에서 삼투하듯 서로의 몸속으로 스며들었다. 남자의 눈빛은 점점 투명한 우물이 되었다. 그가 보았다는 겨울나무 우물이 내 마음의 우물을 팠다.

　이심전심以心傳心.

　길상사 앞마당에서 그가 보았다는 겨울나무의 우물이 내 한 번도 가 본 적 없는 길상사가 내 가슴에 옮겨졌다. 흘러넘치는 우물 속에서 나는 그 남자의 길을 집어 들었다. 내가 더 울어야 할 길이 심장에서 넘쳐흘렀다.

상원사 봄

밤사이 택배처럼 놓고 간
당신의 선물을 읽습니다.
하늘거리는 벚꽃은 너무 야해서
알몸에 걸치지도 못하고
성스러운 목련은 너무 순결해서
똑바로 눈을 마주치지도 못합니다.
눈빛 해맑은 청솔모
파르르 동자승 머리 깎는
바리깡 소리에도 놀라서
사자바위 밑으로 기어들고
상원사까지 찾아와서,
허공을 때리면서 울리는
빨랫방망이 소리
새들이 놀라 서천으로 하늘을 옮겨나는데
유유자적 게으른 객승客僧은
그저 말없이 꽃잎 한 장 한 장 뜯어
둥둥 물 위로 떠나보낼 뿐입니다.

황금나팔꽃 호른

그를 사랑한 일이 기억조차 나지 않으니,
아주 없었던 일 같아요 나팔꽃 귓바퀴를 가진
탈북자 림 씨. 그의 황금빛 호른을
나도 많이 연습했죠.
  사실, 그와 나를 중매한 사람은
레전드 데니스 브레인*이었지요
  종종 그는 혼잣말로 중얼중얼
함경북도 무안에 병든 노모와 여우 같은 아내와
  토끼 같은 아이들이 살고 있다고 했어요.
    그래서일까요. 그가 부는 호른 소리
산봉우리에 얹히는 구름용무늬 항아리 같았죠.
정말 아름다운 합주가
     숱했을 것인데
그 아무에게도 들려줄 수 없는
모차르트 호른 협주곡 4번 3악장…
   거짓말처럼 기억나지 않으니,
    생시엔 없었던 일이겠지요.

* 1921년 5월 17일, 영국 –1957년 9월 1일, 전설의 호른리스트.

당신은 나의 운명

　　― P兄께

당신과 주웠던 낙엽들이
책갈피에 꽂혀 그립다 그립다 말을 합니다
그러나 나는 차마 그 말들을 흔한
카톡으로도 전할 수가 없습니다
이미 발효된 시간이기 때문입니다

지나가는 시내버스를 무심코 탑니다
당신에게로 가는 버스였습니다
그러나 나는 당신 동네 정류장을
그냥 지나치고 맙니다
이미 나의 그리움은
날아가버린 큰주홍부전나비…

당신이 없으면 살 수 없는 세상이면서
당신을 위해 살 수가 없습니다
그러나 나는 또 차마
눈물뿐인 당신을 헌신짝처럼 버릴 수가 없습니다

당신 없으면 나도 없습니다

3부

흐르는 거울이 되어

당신, 사막을 좋아하세요

당신, 사막이란 말 나는 참 좋아합니다
사막? 사막은 사람이 사는 곳으로
낙타를 이끌고 찾아오기 때문입니다
내 검은 머릿결에서 와디가 흐릅니다
이 도시의 광장마다 사막으로 통하는 입구가 있습니다
우리는 한 권의 사막입니다
사람이 희망이듯이 사막은 꿈을 줍니다 알 수 없는
노릇입니다 말라터진 가슴 밑바닥에서 솟구치는
오아시스가 모래사막을 부릅니다
눈동자가 청포도알 같은 카라반을 부릅니다
타클라마칸 사막을 건너 본 사람은
하마탄*의 고통을 사랑합니다
오아시스가 있기 때문입니다 아닙니다
사막을 만나기 위해 오아시스를 찾아 갑니다
삶 자체가 오아시스인 사람도 있습니다
한 남자는 지팡이를 들고
한 남자는 선글라스를 끼었습니다
한발씩 서로를 의지해서 내려오는 육교 계단
선인장 고층 빌딩 사라지고 무지개 떴습니다

* 사막에 부는 모래바람.

동화사 벚꽃
위에서 볼까 아래서 볼까

    동화사 절마당, 벚꽃 사진 찍는데 그 스님 찰칵찰칵 셔터를 누르는 봄 속으로 걸어들어온다 꽃잎들 또르르 필름 속으로 말려드는데 그 스님 작년 봄에 떨어진 꽃잎을 주워들고 내게로 걸어온다 이놈이 이렇게 잎맥에 어혈이 있으니 아무래도 올해 것이 아니야 묵묵부답… 물음표 날리는데 자네 지금 먹고 있는 마음, 어제와 같은가 작년 봄 그 사람 가버린 빈자리… 혼자서 힘겹게 꽃피운 그 자리… 관심법으로 들여다보는 그 스님 성큼성큼 불단에 쌓인 떡을 건네준다

    …스님, 괜찮습니다… 이보게 여기만 부처님이 계시나 에끼 이 사람 가다가 배고프면 들라구…

    산문 앞 주막집 동동주 잔 속으로 손사래치며 떨어져… 내년 봄에 착하게 꽃 피울 그 자리…

꽃팔자 물팔자

너 하나로, 서서히 취해
바닥으로 나가 떨어지는 꽃
취해서 나를 볼 수 없을 때, 취한
나를 그대가 볼 수 없는 이 사랑

물속에서 물이 안 보이듯
너 하나로 가득 차오른다
천천히 나를 스며들더니
위험수위를 알려온다

너는 나를 넘쳐 흐르고
나는 너를 넘쳐 흘러

저만큼 흘러가는 물
뒤돌아봐도 그저 아득한
벼랑 끝으로 떨어져
너도나도 모르는

꽃무릇 불꽃축제

1.
내 혈관을 흘러 흘러 다니는 스님
캄캄한 세상 뿌리에서 꽃이 되는 스님 나는
스님이 걱정할까 봐 차마 출가할 수도 없습니다
이제 스님은 먼 마라도에 삽니다
너무 멀어 봉황불 올리듯 폭죽을 터뜨립니다
펑펑 펑펑 온 하늘을 불태우며
자명고를 찢습니다

2.
아, 저 짐승은 죽지도 않고
사람을 아직도 징그럽게 사랑하나,
저 짐승은 아직도 살아서
사랑을 미치도록 그리워하나,
펑펑 사방팔방 길에 널린 돌멩이들 폭발하고
관 뚜껑이 열리도록 별빛들 야단법석입니다

밤이면 쓰다만 시를 쓰고

어디로 흘러가는지 알 수 없는
이 무심한 길을 버리고
그대 사는 비취빛 호수에 닿아 수초도 키우며
보랏빛 옥잠화도 키우며
귀여운 아이 같은 붕어 떼를 키우며
억만 년쯤 머무르다 흐르고 싶다

밤이면 별들이 내려와 환한 등불이 되어주면
쓰다만 시詩를 쓰고
낮이면 환한 햇살이 스며들어 꿈의 프리즘을 이루는
이 아름다운 감옥에서
뜨다만 그대의 옷을 짜고 싶다

내 힘 모아 달려온 모든 길이
내 열어둔 모든 그리움의 문들
한순간 발목에 잡혀
영원히 흐를 수 없더라도
늘 깨어 아프게 흐르던 그 절망까지
그대 맑은 눈빛 하나 담고서
고요히 흐르는 거울이고 싶다

강철氏 사랑살이

천리 밖 벗이 찾아와도 따르지 못하고
만리 밖 달빛이 찾아와도 함께 춤추지 못하고
인력시장 찾아다니며
살과 뼈를 말린다.

서울대학교 문 앞에도 못가 본
그 한 많은 꿈에 얼어붙어
하루에도 열두 번씩이나
택배 배달 극한직업에 못 이겨
등뼈가 녹아내린다.
녹아내리면서 사나이 순정은
용접 풀무질에 강철보다 강해진다.

아, 16살에 벌통 집
도망쳐 나와
동거 시작한
어린 아내와 젖먹이를 위하여
오늘도 살과 뼈를 녹인다.

그대에게 가시 없는 장미를

노란 장미꽃 사면 옛사랑이 살아나는 것 같아 눈물난다
하얀 면사포 같은 안개꽃에 싸여, 행복한 장미꽃 사면
절망의 수렁을 건너는 내게 잠시 위안이 된다
가시뿐인 추억은 조금도 기쁨이 되지 못하면서도
고통을 지울 수 없어 서면 지하도를 거닐며
아무 뜻 없이 노란 장미꽃 산다
뜻 없이 사 들고 온 가시투성이 영혼은
방 안 구석 거꾸로 매달려 시들어가고
새집 짓는 허공에서 가시나무새가 울어대고
나는 가시에 찔려 죽었다는 릴케 시인이 되어
시들어가는 혈관에 촘촘히 가시바늘을 꽂는다
우레와 함께 붉디붉은 포도주를 마시며
병들어 시드는 몇 개의 환상에 취해
손톱 발톱 다 빼서 강물에 던져버리고 알몸으로 뒹군다
聖, 프란치스코의 장미밭에서

빨간 공중전화

버튼을 누른다.
저 어두운 세상에 갇혀 사는, 너에게로
따르릉 따르릉
살아 있다는 기별을 울리고 있다.

발신음이 떨어지지 않는 고장 난
빨간 공중전화기 앞에서
불 꺼진 그리움으로
따르릉 따르릉
살아 있음의 경보
울리는 것이다.

따르릉 따르릉
지구 반대편에서
누가 수화기를 든다.

오늘도 소월의 비는
초량동 외국인 거리에 와서 내린다

플로로그

… 나는 세상의 끝에 대해
끝까지 간 의지와 끝까지 간 삶과 그 삶의
사람들에 대해 생각하게 된다*…

#1. 여우비 내리는, 오후 3시

엘레나 : 다음 세상에는 당신의 아내가 되어 살고 싶어.

세르게이 : 그래, 다음 세상에는 이렇게 만나지는 말자구.

엘레나 : 그래요. 다음 세상에서 우리 꼭 만나요.

세르게이 : (씩 웃으며) 그래……

남자는 손을 아주 가볍게 흔들며 횡단보도를 건너간다. 비가 내리는 초량동 외국인 거리. 앉은뱅이 앵벌이는 석간이요, 외친다. 신문지는 비에 젖는다. 눈 푸른 엘레나 눈도 비에 젖어 간다.

#2 찬비 내리는, 오후 8시

일린 : …사랑에는 나이가 없다구. 난 어머니같은 나탈리아가 마음에 들어.

나탈리아 : …나는 그냥 돌아가고 싶어요. 눈 덮인 자작나무도 보고 싶구요.

일린 : …나는 푸시킨처럼 당신을 위해 당장 목숨을 버릴 수 있

다고…

나탈리아 : (웃음) 나도 안나 카레니나처럼 당신을 사랑할 수 있어요.

나탈리아는 고소가 물든 얼굴로 茶를 끓인다. 물 끓는 소리…

서서히 끓는 茶처럼 천천히 홍등에 물드는 가랑비. 빌딩 처마 밑에서 환전하는 아줌마 곁을 지나치는 행인1, 행인2……에 조명은 옮겨진다. 신용카드결제 대금의 대출을 유도하기 위해 삐끼명함을 내미는 아줌마2 머풀러 쓴 얼굴에 조명은 잠시 꺼진다. 동동동 찻잔 속으로 떠오르는 은행잎 몇 장에 조명은 천천히 Off.

#3. 낯선 천국에서 내리는 비, 오후 5시

포민 : 바이 바이! 다음에 또 놀러 올게.

마리아: 오늘은 죄송해요. 다음에 더 화끈하게 해드릴게요.

커피와 프리마를 섞어 찻잔을 내놓는 마리아. 한국어와 러시아어를 섞어 쓰는 포민. 마리아에게 다가가서 포옹한다. 잡음 같은 시끄러운 빗소리 계속된다.

전도사: 예수님을 사랑합시다. 천국이 당신 곁에 있습니다. 천국이 당신 곁에 있습니다.

머리에 붉은 띠를 두른 신의 전사. 목이 쉬도록 외친다. 그 곁에는 동전 바구니를 끌어안은 채 잠든 앵벌이 소년 머리 위에 쏟아지는 조명. 이어 "오는 비 올지라도 한 사흘 내렸으면…" 소월의 〈왕십리〉 낭송이 감미롭게 흐른다. 빗소리와 함께 홍등은 비에 젖어 붉은 감보다 더 익어간다.

#4. 가도 가도 비 – 매우 늦은 밤
어두운 무대 위에 조명은 다탁의 찻잔에 머물고……,
출연한 남자들 횡단보도를 건너 무대에서 사라진다.
엘레나, 나탈리아, 마리아 등 남자들이 잠시 앉았던 의자 위의 빗방울을 아프게 문지르고 담배를 저마다 피워 문다.
세르게이2, 일린2, 포민2 나타나서 눈 푸른 여자들 앞을 도돌이표처럼 서성인다. 빗줄기 점점 어둠에 삼켜진다.

에필로그
*…큰 도로로 나가면 철로가 있고 내가 사랑하는 기차가 있다 가끔씩 그 철로의 끝에서 다른 끝까지 처연하게 걸어 다니는데 철로의 양 끝은 흙 속에 묻혀 있다…사람보다 더디게 걷는 기차를 나는 사랑한다…**

* 김중식 시인의 「식당에 딸린 방 한 칸」 인용.

관계

촛대에 살던 나비 한 마리 문을 열자 어디론가 떠났다
촛대는 나비 그리워 더 많은 나비를 떠나보낸다
떠난 나비의 빈자리에 촛농이 쌓여 간다
가만히 있어도 촛대의 몸에는 나비가 일렁인다
촛대는 촛대가 아니라 나비의 고향,
나비들이 촛대에 붙어서 사는 동안
알 수 없이 높아진 정신봉,
청산을 어깨에 떠메고
하얀 나비들은 더 높은 고지를 향해 날아간다
떠나는 나래를 잡을 수는 없다
망각을 위해 꽁꽁 얼어가는 송곳으로
제 발등을 찍고 있다

위험 수위水位

마음이 자꾸 넘치고 있어
지나친 사랑으로 자꾸 너를 덮칠 것 같애
마침내 한강둑이 무너져 버릴 것 같애
더는 그리움을 가둔다는 것은 위험해
심장이 터질 것 같애
이 몸부림을 견디기 위해
알맞은 죄를 짓기도 해

이젠 나를 다스릴
그대가 내 안에 없어

오후 세시의 모정

쟁쟁 땡볕이 내리쬐는 오후 세시
칠십 노모와 오십의 아들이 걸어가고 있었다
방금 내려온 백팔 개의 돌계단 뒤돌아보며
검은 선글라스 낀 오십의 아들이 노모 지팡이를 빌려
함께 손잡고 어렵게 내려와 초등학생처럼 노모의 손을 꼭 잡고
아름다운 지느러미 이끌고 걸어가고 있었다
느릿느릿 아무 바쁠 것도 없이
더러 땀이 나서 미끄러운 손을 놓칠 때마다
"야, 야, 절대 이 어미 손 놓으면 안 된다 알 것제…"
"걱정 마이소, 어무이나 내 손 놓지 마이소"
바쁜 사람들 다 지나가도록 길을 비켜 주면서
느릿느릿 오후 그림자를 이끌고 걸어가고 있었다
나는 그 아름다운 뒷모습에 취해
자석처럼 이끌려 걸어가고 있었다
와우산 어귀 프레존 피자집을 지나
바람에 사지를 맡기고 빨래들 춤추는 파란 세탁소를 지나
아이 소리 왁자한 동백초등학교 담벼락을 지나
전봇대 그림자 느릿느릿 흔들며

울룰루 가는 길
　　— 선표에게

　그대는 나에게로 오는 길을 알고 있나요 나는 그대에게 가는 길을 모릅니다 그대가 토막토막 우리가 걸어온 길을 가위로 잘라버렸기 때문입니다 우리의 길은 이제 바람에 날려 흩어져 더 이상 걸어야 할 길이 없습니다 이렇게 오도 가도 못하는 몸이 되어 당신을 원망합니다

　조각 난 그 길을 기워서 그대에게 가고 싶습니다 지금 와서는 죽음 곁에 가있더라도 나는 그대를 그리워할 것이 뻔할 것입니다 저승은 너무 멀어, 그대에게 가는 길이 그만큼 길어지기 때문입니다 차라리 조각난 길을 덕지덕지 기워서라도 그대 곁으로 가고 싶습니다 그대가 나에게로 오는 길을 기억하고 있다면 되돌아오길 바랍니다 이 기다림마저 입김으로 불어 지우지 말길 바랍니다 그것은 생명을 지우는 일입니다

보리문둥이 서울여자

　스모그 자욱한 온산공단 '서울 하숙집' 여자의 허리는 개미 같네. 자고 나면 태산처럼 쌓이는 허드렛일을 석삼년이나 하다 보니, 서울도 한번 가 보지 못하고 서울 여자가 되었다네….

　아, 글쎄, 죽은 전처 대신 층층시하 시어른 모시고, 머리 검은 짐승을 일곱이나 키워 대학 공부시켰다네. 동서남북, 둘러봐도 공장 굴뚝 연기뿐인데, 낫 놓고 기역 자도 몰라서 그 흔한 공순이가 되고 싶어도, 동양 나일론 공장 문 앞에서 쫓겨나, 식순이가 되었다네.

　열다섯 꽃 시절에도 비싼 밥 먹고는 놀 팔자가 아니라 부산자갈치 시장, 국제 시장을 떠돌면서 도둑질 빼고는 다 해 보았다는 여자, 삼신 할매가 무심하지 않아서, 배 아파 낳은 언청이 딸도 있었다네.

　노란 민들레 현기증이 일어나는 보릿고개만 없었다면, 고무신을 거꾸로 신지는 않았을 거라고 눈물 인장 앞치마에 찍네.

　금수저 물고 태어났다면 쌀 한 가마니에 딸자식 파는 아비 심정을 열 번 백 번 이해했을 거라고, 노름꾼 영감탱이 농약 먹고 죽지만 않았다면 하늘이 노랗게 변한 것을 영영 몰랐을 거라네. 참말로 서울 남산 구경 한 번 못했는데, 서울내기가 되었다네.

연탄의 노래

   — 토토에게

너는 뜨겁게 살다 갔으나 나는 이대로 죽을 수가 없다
한밤중에 자다가도 일어나서 시를 쓴다
그러다가 한순간 싸늘하게 식어버리는 심장을
움켜잡고서 몸부림친다 그러다가 앵무새처럼
사랑한다, 사랑한다고 외친다 그리고 보면 사랑이
눈물의 씨앗이 아니라 눈물의 씨앗이 뜨거운
사랑의 열매이다 너의 머리털 한 올까지 태워버린
화장터에서 나는 안다 너는 다시 태어나도
뜨겁게 살다가 갈 것이고
나는 이대로 죽을 수 없다고
두 눈까지 파서 악마와 거래할 거란 것을

4부

마음은 천이나 진정은 하나

갈대

마음은 천이나
진정은 하나다
밤 깊도록 음악을 듣는다
갈대 끝에 걸터앉아
나를 흔드는 바람,
저 바람이 없다면, 생각은 꺾일 것이다
꺾이지 않으려면
흔들려야 한다
터져 나오는 울음을
두 손바닥으로 막는다
사랑은 천이나
진정은 오직 하나

눈먼 거북이와의 대작

눈먼 거북이에게 판자 하나 던져주고
저 홀로 익어가는
고독酒 한 잔 따라서
바다와 대작한다
붉은 해당화 웃음소리
마음 그늘 짙어 가고
아기 돌멩이 하나
또록또록 두 눈을 뜨고 나를 지켜본다
내 안의 그대는 푸른 잔물결 위에
실안개 설설 풀어 놓는다
뼈만 남은 담장을 타고 오르는
호박꽃 그늘 아래, 지친 몸 길게 뉘이니
후조들
고개 젖히며
북으로 날아간다

너희 동네 공중전화기는 당나귀의 귀

1.

　-뚜-우 뚜-우—뚜-우 뚜-우--뚜-우 뚜-우- …나야, 친구야, 제발 끊지마. 할 말이 있어. 금방 끊을게. 다름이 아니라, 난 지금, 바로 너희 집 옆 구멍가게 앞 공중전화 부스 안이야. 항상 느끼는 거지만, 너희 동네 공중전화기는 축 늘어진 당나귀 귀 같아서 난 너무 정겨워. 날 보면 항상 인사도 해. (…)네가 먼저 끊어야 끊지. -뚜-우 뚜-우-뚜-우 뚜-우-

2.

　-뚜-우 뚜-우—뚜-우 뚜-우--뚜-우 뚜-우- 난 눈부신 햇빛이 쏟아지는 너희 집 창문이 보이는 공터에서 널 기다리고 있어. 너랑 족구를 하던 공터 말이야. 그 공터 옆 후박나무 병원은 언제 사라졌지? 노을빛에 물들어 황금 물고기로 변하던 후박나무 넌 안 보고 싶어? 아, 그래. 여전히 바쁘구나. 바빠도 그렇지. 넌 내가 보고 싶지도 않니? 지금, 난 너희 집 앞이야…

3.

　…따르릉 따릉 따르릉 따릉… 야! 전화 좀 그만해. 또 왜? 용건이 뭐야? 용건? 없어. 그냥 무작정 걷다가 너희 집 앞 구멍가게까지 왔어. 너 정말 미쳤구나. 다시 전화하면 내 손에 죽을 줄 알

아. ―뚜―우 뚜―우――뚜―우 뚜―우――뚜―우 뚜―우―

　4.

　―뚜―우 뚜―우――뚜―우 뚜―우――뚜―우 뚜―우― 친구야! 널 생각하면 난 눈물이 나. 대숲을 메아리치는 바람소리 같아서 말이야.

　임금님 귀는 당나귀 귀! 생각나니?

　화내지 마. 틈나면 네가 내게 전화해.

　너무 고단한 너 걱정뿐이야. 난 말이야.

　네가 진짜 일만 하는 당나귀 같아.

　축 늘어진 당나귀 같아서 너무 불쌍해. 흑흑흑…

　―뚜―우 뚜―우――뚜―우 뚜―우――뚜―우 뚜―우―

通房

암호를 보낸다
너와 나만이 통하는 부호
숨 막히는 긴장 속에
바다 하나 떠오른다
잠겼다 떠오르는
섬을 너에게 보낸다

내가 보내는 이 비밀스러운 암호를 해독하는 대로,
너는 그 섬으로 이제 돌아와야 한다

아무도 눈치채지 못한다
벽 하나를 사이에 두고 돌아와야 한다

아무도 눈치채지 못한다
벽 하나를 사이에 두고
만리장성을 쌓는다
기氣를 모으면
숨결조차 느껴오는 뜨거운 전류

세상의 눈치 속에서

너와 나만이 아는 세계 속으로
우리가 도킹하기 까지는
번번이 암호를 바꾸어야 하는 부단한 고통

그러나 우리는 안다
보이지 않는 속에서
완전한 만남에 이르는
길 하나를…

쓸쓸한 당신 무덤은 누가 위로하는가
— 아버지의 동전 기타

1.
돌아가신 아버지 십 원짜리 동전으로 기타를 잘 치셨다.
어린 나는 미숙한 기타 소리보다 동전으로
현을 울리는 제법諸法에서 사람에 대한 연모를 배웠으리라.
가끔 교통카드의 금액이 다 떨어졌을 때
동전 한 닢 없어 배춧잎 지폐로 애써 동전을 교환해야 할 때
동전 기타를 치시던 아버지를 그리워하는 것이다.
가방끈이 짧아 유일하게 연주할 수 있었던 음악은
이미자의 '모녀 기타'뿐이었지만, 이 노래의 반주는
십 원짜리 동전으로 울려야 제대로 뽕짝 맛이 난다는 것을
홀로 남은 노래방에서 알게 된 것이다.
어린 것의 가슴에 총구멍만 한 구멍이 생겼으니
바깥에 나갈 놀 생각 절대 말라며
양철지붕에 떨어지는 빗방울 소리를 들려주시던
아버지의 가난한 노래에 뒤늦게 우는 것이다.

2.
당신, 오늘은 창백한 달빛이 피처럼 혼구멍으로 스며들어
녹슨 기타 줄을 둥둥 울립니다.
얼마나 내가 당신을 사랑하는지를

달빛이 내 마음을 말해줍니다*

* 등려군의 〈월량대표아적심〉에서.

고등어 시절

— 고등어는 쉬지 못한다
쉬면 숨이 멈춘다

나는 너무 당신에게
절여지고 썰어지고
그리고 먹혔습니다.
내 꿈은 늘 바다를 꿈꾸고 있었지요
절어진 내 몸은 어느새 꽁꽁 얼어
차디찬 당신의 가슴에 박혀 버렸지요
이제 당신의 냉대로
난 미쳐버릴 것 같습니다
당신의 발걸음 소리도
들리지 않는 냉동실에서
지나온 아픔은
그대로 살아
그대로 펄펄 살아
석쇠 위에 활활
푸른 내 살이
지져지길 바라는
고통만 남아 있습니다

몽당연필로 쓴 詩
— 청송 가는 길

그대에게 차입할 그리움은 따뜻하다 한 조각의 빵과 자유를
바꾸어버린 그대에게 가는 차표는 주머니 속에 구겨져 있다 면
회를 기다리며 팔랑팔랑 책처럼 넘겨지는 생각 위에 눈이 내렸
다 그대는 아직도 연필에 침을 묻혀 편지를 쓰고 있고, 언 손을
녹이는 슬픈 화로 속엔, 우리가 주고받아야 할 낱말 몇 개 불타
고 있다 그대를 만나기 위해 걸어온 길은 너무 길고 마주할 오 분
의 시간은 화살처럼 빠르게 지나갔다 유리벽을 두고 마주 앉은
그대와 나는 쓸데없는 세상 이야기를 주고받기만 하고 그대에게
하지 못하는 말들은 돌아오는 덜컹거리는 완행버스 짐칸에 얹혀
흔들린다 겨울 내의와 함께 차입해야 할 잊어버린 과자봉지를
괜스레 슬픔인 듯 만지작거리면 창밖의 풍경은 스크린처럼 바뀌
었다 그대가 돌아올 세상은 비어있지 못하고, 그대 비워두고 간
자리는 메어질 수 없는 쓸쓸함으로 사라졌다 그대에게 가는 길
은 늘 눈이 왔고 차창 밖의 상수리나무들은 언제나 늑대같이 우
우우우우 울고 있다

폭포

가는 길은 너무 뻔하다
그러나 추락하지 않을 수 없는
살아있음의 찬란한 비애
이 순간의 애달픈 몸부림
누가 나의 생명을 연장할 것인가
누가 나의 기쁨을
천리까지 내달리게 할 수 있는가
살이 터지고
뼈가 으스러져도
죽음으로 항거할 수밖에 없다
너에게 이르는
이 사랑은

해마다 진해에 간다

　해마다 진해 벚꽃제에서 그를 만났지 수년 전에도 그 길목을 서성이며 사진을 찍으라고 옷깃을 부여잡았던 그 사람, 그의 목에 매달린 낡은 사진기, 그의 사진기에서 찍혀 나온 수많은 봄은 어디에 꽂혀 있을까 생각하면서 주소를 적고 선납을 했지 그가 사진을 보내온다는 믿음은 벚꽃제에 오면 그를 만날 수 있다는 신뢰였지 해마다 진해에 오지만 그의 사진기 속으로 들여보낸 봄은 처음이었지 이상한 것은 그가 나의 봄을 찍은 다음부터는 그 봄은 사라져버렸지

　두어 달 지나고 나니 그에게서 편지가 왔지 그날은 필름이 헛돌아 사진이 찍혀 나오지 않았으니 내년 봄에 다시 '벗-꽃' 찍으러 오라는 것이었지 봄은 그렇게 가버렸는데, 다 지난봄을 대단히 죄송하다고 썼지

　그가 실수로 찍지 못했던 내 서른여섯의 나이테…. 서른여섯 장의 '봄'…

　그가 찍지 못했던 내 서른여섯 장의 벚꽃이 이렇게 살아서 나를 기다리고 있다니 그가 환불해주지 않은 그 봄으로 인해 나는 봄을 기다리고 그 봄, 받으러 진해에 간다

키프로스 섬의 하룻밤

너를 잠가두고 싶다
두 발에 자물쇠를 채우고 싶다
섬 밖에서는 너를
찾는 소리 요란하지만
너를 보낼 수 없다
너는 너지만
이미 내 안에 들어와
출렁이는 바다를
술통처럼 비울 수가 없다
너가 빠져나간
쓸쓸한 그 갯벌을
홀로 걸어 나올 염력이 없다

이미 내 안에 담겨와
산산이 부서진 파도를
어떻게 돌려줄 수 있을까

空의 연가

— 당신과 함께 점심은 안나푸르나에서

라마승 당신 만나러 날마다 파고다 공원에 놀러오지요 당신은 없고 영정사진사가 매일 당신 팔러 오지요 오늘은 당신 우물 눈빛 속에 서 있는 수각水閣을 보았지요 문득 여기가 파고다가 아니라 다고파 공원이라는 것을 깨달았지요…봄바람에 술렁술렁 노망난 햇빛들 춤추고요 노숙자들과 점심點心을 나누어 먹고 끄덕끄덕 졸고 있는데 노신사 하나 그게 고파 다가왔지요 *색시, 티켓 하나 끊자?* 아, 나는 티켓이 왜 티벳으로 들렸을까요…녹슨 찰주 속에서 대한독립 만세 외치는 인파들이 물밀듯 터져나왔지요 일어설 다리 없는 민초民草들 허공에서 물결치는데…우리는 병든 비둘기처럼 하늘 한번 쳐다보며 점 하나 찍고 땅 한번 쳐다보며 점 하나 찍었지요 사랑도 삶도 산 사람의 일인데, 파고다* 는 마음에다 점을 찍는 꽃… 하기야 마음에다 점 하나만 잘 찍어도 과거심, 현재심, 미래심…내 손안에 있지요 이제 당신이 없어도 당신을 사랑할 수 있고, 안 먹어도 배가 부르지요. 안나푸르나까지 가지 않아도 박카스* 팔러 당신이 매일 오니까요.

* 파고다 : 꽃이름.
* 박카스 : 그리스 신화에 등장하는 술의 신& 드링크제 이름.

잉크빛 슬픔

우리가 앉아 있던
모래밭에 모래들은
파도에 밀려 하나둘씩
바다 밑으로 다시 사라집니다
시간은
지우개처럼
우리가 걸어왔던 길을 지워버려
저는 돌아갈 수가 없습니다
밤새 밀려오는 파도에
실려가지도 못합니다
바위처럼
그대로 앉아 있습니다
당신이 오기까지는
아마 영원히 일어설 수 없는
바윗돌입니다

Amor Fati

당신이 우실까 봐 차마 죽을 수도 없습니다
어쩜 죽음에 이르도록, 당신이란 병에 걸렸는지 모릅니다
네온 불빛의 번쩍임이 내 눈을 찔렀을 때*
오늘도 지하철을 탑니다
할 일 없는 사람처럼
종점에서 종점까지
번갈아 타며
수많은 사람 속에 있어 봅니다
그 분주함 속에서
당신을 만날 수 있을까 하는 기대가
내일도 이어질지 모릅니다
모래알보다 많은 대중 속에서
당신을 만날 수 있는 일은
기적일 것입니다
한 통의 편지면
한 통의 전화면
당신을 찾는 길이
빠르다는 것을 잘 알고 있습니다
그러나 그럴 수 없습니다
간단히 만날 수 있는 당신을

내가 사랑할 수 없습니다
쉽게 헤어질 수 있는 사랑이라면
이처럼 괴롭지 않을 것입니다
전 알고 있습니다
당신을 진정으로 만나기 위해서는
어려운 길로 가야 한다는 것을요

* 〈The Sound Of Silence〉 인용.

가보지 못한 길 위에서

당신, 눈에 보이는 길마저 왜 이리 힘이 듭니까 당신에게 가는 길은 왜 이리 길고 먼지 하루에도 몇 번씩 길 위에 주저앉습니다 그러나 여기까지 이끌고 온 이 길을 차마 버릴 수 없습니다 얼마나 많은 길을 포기해서 지푸라기처럼 잡은 길이기 때문입니다 변절자도 아니면서 힘이 센 부처님, 친절한 예수님, 유식한 공자님, 경배 한 번 드리지 못한 무함마드님까지 모시면서 겨우겨우 당신에게 가는 길입니다 나는 나를 부정해도 당신은 유다 같은 나를 버리지 않았습니다

아, 눈먼 눈을 감으니 이정표 하나 보입니다 고운 결 같은 저 나무의 나이테를 따라 깊이 걸어가면 당신이 나올까요 골목마다 아기의 울음소리 우물에서 넘치고 별빛들 강물 위로 꽃잎 띄워 흐를까요 꽃사슴 뛰어노는 하얀 눈밭에 아비들은 검은 판화 같은 발자국 찍습니다 심지 다 타버린 깜부기 불이 가물거리는데 연필심에 침을 묻혀 아이들은 숙제를 합니다 기러기 아홉 마리 날아간 서천逝川은 마음이 없는 당신 같이 아득합니다

앳된 나부상

전등사 가면
서해 낙조에 분을 바른 나부상裸婦像 하나 있지
대웅전 처마 아래 두 손 번쩍 든 채
벌받는 자세로 꿇어앉은 앳된 여자 하나 있지
무슨 죄를 지었는지 모르지만
강화도의 시퍼렇게 몰아치는 갯바람을
맨살에 소름이 돋도록 맞고 있지
보리수 아래 앉은 부처를 유혹하는 나찰녀처럼
서해 낙조에 발그레해지는 볼과 눈꼬리 가졌지만
가만 보면 대웅전 지붕이 무너지지 않는 건
그 여자의 무슨 죄 때문인 거 같지
혼자서 세상의 죄를 다 지은 듯, 대법당
무거운 처마를 들고 있는, 무슨 죄 때문인 거 같지
부처님 머리 위에서 저게 무슨 짓이람
어두워지는 절마당을 어슬렁거리는 동안
배롱나무 맨살처럼 걸친 옷 훌딱 벗고
눈부신 살결을 등빛으로 뿜어대지
고려의 정화옹주가
전등사에 바쳤다는 옥등 품은 나부상
그 처마 아래 서면

나도 문득 죄 하나 짓고 싶지

농염한 죄罪 하나 짓고

까뭇이 타버린 심지에 확 불을 켜고 싶지

물방울 권유

먼동이 터 오는 이 아침
어디로 흘러가야
가도 가도 행복한 수평선이 되어
너와 나
천애까지 걸어갈 수 있을까
그리고 죄없이 이별할 수 있을까
얼마나 무릎이 닿고
지느러미 닳아야
아름다운 노을바다가 될까
그대 심장을 뒤집어 놓는
풍경이 될까

밥의 사랑으로
— 여산 송씨 종부 이순이 여사께

당신, 이천 지나 산청 지나 실개천에 와 앉습니다 저녁놀보다 밥 짓는 연기가 아름답습니다 서서히 사라지는 반조返照를 바라봅니다

내가 당신의 밥이었던 때가 있었을까요 그 누구에게도 한 그릇 밥이었던 적이 없는 이 밥은 문득 서럽습니다 곰팡이꽃 분분한 이 쉰밥, 냇가에 쭈그리고 앉아 삼킬 수 없는 밥알을 한 알 두 알… 슬픔, 그리움, 아픔, 절망처럼 토합니다

환한 대낮을 등에 지고 걸어온 길이 어느새 노을이 지는 저녁입니다 당신, 햇살이 동굴보다 어둡습니다 물고기좌座 별빛들 참 티밥같이 구수합니다 별똥별이 흩어진 논두렁에는 오리나무 한그루, 오리五里도 자라지 못하고 쓰러져 있습니다 허기진 바람소리가 서천을 메아리칩니다 며느리밥풀꽃 흐드러진 비목에 기댄 내 어깨는 망명한 독수리 날개처럼 잠시 푸득입니다

개복숭아꽃

당신이
채마밭 가꾸다 쓰러져 응급실 실려갔다는
소식 듣고 한달음에 달려가지 못했습니다

생선 팔다가
뇌출혈로 쓰러졌다는 데도
그만 기차를 놓치고 말았습니다

아픈 몸 이끌고
계란 팔러 다니다가
교통사고 당했다는 연락에도

저는 꾸역꾸역
삼각김밥 목구멍으로 쑤셔 넣으며
24시 편의점으로
출근합니다

둥근 그 봄 참 곱다

호수에 피는 옥잠화 너무 곱다
곱기 위해 어떤 가지를 쳤기에 저렇게 고울까
산다는 일, 머리 깎고 손톱 깎고
발톱 깎는 가지치기
몇 주씩 잠만 자고 일어나니
길어진 머리카락 손톱 발톱 엉망이다

밤나무 가지 누가 쳤을까
달빛 환하게 스며들어
이마가 너무 곱다

둥근 접시에 담긴
둥근 마음 참 곱다

알밤보다 환한
이 봄도 곱다

사랑못

뽑아버리고 싶어요
앓던 사랑니 하나

달동네로 이사 온 날
꽝꽝 시멘트 못으로
말짱한 가슴 한 장
금을 내고 말았어요

예수님, 당신 사지에 못 박던 사람들
지금 어디 있나요

아무 생각 없이
그대 가슴에 박은 가시 돋은 말들
내 뼛속 깊이 파고드네요

못의 상처를 입은 목덜미가
조금씩 더 빛나고 있*네요

* 정영태 「설경 2」 중.

문주蘭

여기서는
별빛 소리 잘 들린다
파도소리
구름이 흐르는 소리
잔잔한 물결은 피아노친다

나는 날마다
따스한 창가에 기대어
외로운 섬의 영혼을 읽으며
시를 쓴다

아주 드물게
비오리 와서 울고 가면
하루에도 몇 번씩
우체부 왔다갔다

에세이 인터뷰

시인으로 산다는 것

─ 송유미를 쓰다

정 　훈 문학평론가

시인으로 산다는 것
― 송유미를 쓰다

정　훈 문학평론가

　송유미 시인한테서 목련향이 났다. 은은하면서도 요란하지
않은 풍모가 단박에 '시인'이라는 이름에 걸맞겠다는 생각을 할
즈음 또박또박 생生을 쟁이는 그 무엇이 우리에게 삶을 노래하
고 삶을 끌면서 길을 가도록 하는 것일까, 하는 의문이 뒤따랐
다. 늘 그렇다. 송유미 시인을 만나면 도처에서 웅성대는 소리가
들리는 듯했으니. 이는 시인 곁에서 늘 시인을 보살피고 영감을
주는 눈에 보이지 않는 존재들이 내는 소리이지 않았을까 생각
해 본다. 깊은 눈매에 서리는 조금은 날카로운 분위기는 정작 그
의 시들에서 보이는 삶의 진중한 성찰과 응시를 자아내게 만든
마음가짐 때문이었을 것이다. 여러 시인을 만나고 이야기하면
서 느꼈던 시인 특유의 섬세함 또한 송유미 시인에게서도 마땅
히, 고스란히 전해졌던 터, 나지막하게 말하는 음성에서 섬세함
에다 강직함을 곁가지로 붙이는 것이 낫겠다. 시인에게 강직함
이란 세파에 흔들리지 않고 자신만의 시 세계를 일구면서 이에

매진하는 것 말고 또 무엇이 있겠는가. 주어진 운명의 비극을 딛고 아름다운 음악을 남기고 죽은 베토벤과, 주어진 운명을 끝까지 버티면서 살아가는 당나귀의 이미지가 상충하는 부조화가 오히려 우리 삶을 조화롭게 하지는 않을까. 그녀의 이런 생각은 시집 『당나귀와 베토벤』(지혜, 2011)의 표제작에서 잘 드러난다. 부조화의 조화, 불일치의 일치 속에 우리 삶이 더욱 풍요로워지는 바 시인이 내심 꿈꾸는 삶은 베토벤에 좀 더 가까울 듯한 느낌이 강했다.

시인이 흔한 시대에 진정한 시인으로 살아가는 일만큼 그 또한 희귀하고 어려운 일도 없다. 시보다 눈을 즐겁게 하는 비주얼한 공연에, 그리고 시인보다 남들 보기에 그럴듯해 보이는 전문직 같은 고소득을 올리는 직업군을 선호하는 우리 세대의 현실에서 시인은 어떻게 존재하는 것일까. 옛 시절 문단을 얘기하며, 지금은 흥이나 정겨움이 많이 사라진 것 같다는 진단을 시인은 내린다. 모든 예술이 다 그렇겠다. 시인조차 시 쓰기가 무료한 행위가 되어버린 듯한 요즘, 자신의 목숨 줄을 뛰어넘어 영원한 생명을 띠게 하는 예술작품으로서 시는 어떤 바탕에서 나올 수 있을까.

"상相에 집착하지 않고 낯설은 시 세계를 나름대로 구축하고 싶습니다. 그렇지만 제 시의 경우 체험을 바탕으로 쓴 것들이 많습니다. 실마리 같은 체험 속에서 시가 나올 때가 더러 있더군요."

체험과 낯설음이 버무려진 시 쓰기를 시인은 진중한 어조로

말한다. 여러 갈래의 실험적 글쓰기를 해왔던 시인에게 '시'란 과연 무엇일까. 그의 말을 좀 더 들어보자. *"시는 비논리의 세계입니다. 다른 문학 장르와 달리 시 읽기에는 독자의 상상력이 시의 완성이지 않을까요."*

그렇다. 독자의 상상력은, 각자가 지니는 것이겠지만 '시'로써 촉발된다. 독자들의 상상력을 자극하고 촉발하게 하는 시가 좋은 시이며, 송유미 시인 또한 이 점을 강조한다. 상상이 부족한 시대에 상상을 주문하는 상업자본의 광고 논리와는 다른 독자의 상상력은 시인의 언어적 상상력과 결합하여 훌륭한 문화적 자산을 만들어낸다. 문화란 시인의 수가 늘어나고, 이에 수요가 급증하면서 발전하는 것은 아니다. 단 한 사람의 진정한 독자라도 있어서, 그의 삶이, 시를 감상하면서 터득한 세계에 대한 형안이 생길 때 문화의 불씨는 되살아나겠다.

"세상에서 하루하루 산다는 것은/ 남의 짐을 내가 대신 져주는 일,/ 뚜벅뚜벅 앞만 보며 살아가기도 바쁘지 않는가/ 그 누가 있어 이 무거운 지구를/ 어깨에 메고 하루도 빠짐없이/ 뚜벅뚜벅 아름다운 별과 별 사이를/ 힘들게 걷고 있다고 생각해 본다/ 이보다 힘든 짐은 세상에 없을 것이다/ 이제 내 어깨 위에 누가 지구를 올려놓아도/ 내 몸은 나비처럼 마냥 가벼우리/ 세상의 온갖 잡다한 짐이여 내게 오라/ 저 지구 밖 뱃머리에/ 수천 수만數千數萬의 짐이라도 거뜬히 부려 놓겠다"(「가대기 시인」 부분, 『당나귀와 베토벤』)

그의 시처럼 '하루하루 산다는 것은' 어쩌면 '남의 짐을 내가 대신 져주는 일'일지도 모른다. 강의를 마치고 우르르 쏟아져 나오는 학생들로 발 디딜 틈이 없는 대학가 주변의 골목을 시인과 걷는다. 지구를 떠받쳐도 하나도 무겁지 않다고 노래하는 시인에 대면, 우리 고달픈 세상살이가 짓누르는 무게를 어떻게 벗어던질지 전전긍긍하는 마음은 또 얼마나 옹졸할 것인가. 시를 쓰는 일이 실은 자신을 비우면서 우주를 껴안는 행위라 할 때 이 복잡한 도시 속 '시인'의 존재는 더욱 역설로 다가온다.

시인은 요즘 되도록 많은 사람들과 어울리지 않고 혼자 조용하게 지내면서 시를 쓴다고 했다.

"문학의 궁극적인 기능은 우리의 삶을 위안하고 승화시켜주는 것이라 생각합니다. 제 시가, 제 문학이 이런 기능을 가졌으면 하고 바랍니다. 시를 쓰는 게 단지 시인 자신의 위안을 받기 위해서라면 시인의 자세가 아니겠지요."

모두들 세상살이가 힘들 때, 한 줄 시에서 위무를 받는다면 얼마나 행복할까. 결국 시와 문학이란 게 사람의 영혼을 고취하는 데 쓰이지 않을까, 하는 생각이다. 송유미 시인 또한 그 점을 지적한다. 말은 적재적소에 놓일 때 똑 부러지고, 시어는 군더더기를 뺀 말쑥한 언어로 배치될 때 한 편의 아름다운 작품이 된다. 어쩌면 말의 자리를 제대로 찾아주지 못한 채 허둥댔던 것은 아닐까, 라고 말하는 시인의 눈가에 그늘이 짙어만 간다. 오랜 시 쓰기는 어떤 면에서 곧 품성의 밀도로 결과를 맺는다고 한다면, 그의 사람됨의 결실을 가늠할 수 있을 듯도 하다. 그녀의 여러 개의 시집 중 『당나귀와 베토벤』의 「시인의 말」속 한 구절이다. "나는 나 아닌 것으로 연꽃은 연꽃 아닌 것으로 이루어져 있음을 늘 성찰케 한다." 오묘한 공간의 미학을 간파한 말처럼 들었다. 그가 걷는 문학의 도정에 수많은 연꽃들이 폭풍처럼 솟구치기를 기원해 본다.

백석과 김소월이 연애편지 쓰는 법을 묻거든

박창희 경성대 신방과 교수 · 스토리랩 수작 대표 · 전 국제신문 대기자

백석과 김소월이 연애편지 쓰는 법을 묻거든

박창희 경성대 신방과 교수 · 스토리랩 수작 대표 · 전 국제신문 대기자

1.

거기가 어디라고! 덜컥 수락하고 나서 바로 후회했다. 기사 쓰
듯, 몇 줄 쓰면 되는 줄 알았다. 그게 아니었다. 시의 문턱을 두
드렸으되 드나든 적 없고, 시의 집을 기웃거렸으되 단순 객이었
던 나로선 난감한 일이었다. 봄날은 무장무장 짙어왔고, 삼사월
이 훌쩍 흩어졌다. 산천은 초록에서 신록으로 옷을 갈아입는다.
코로나 팬대믹(감염병 대유행)이 지구를 휩쓸고 있다…

언제까지 난감함을 붙잡고 있을 수는 없었다. 그래도 왕년에
문학 기자가 아니었나. 공적 · 문학적 영역엔 닿지 않을지라도
사적 · 감성적 영역을 리뷰하지 못할 이유는 없었다. 그렇게 후
회하고 위로하면서, 송유미의 '연시집'을 주섬주섬 읽었다. 빛과
어둠이 명멸했다. 읽을수록 눈이 밝아지는 듯싶다가 다시 어두
워졌다. 당최, 사랑을 가늠할 수 없었다. 내 사랑은, 진작 한 줌
의 추억이 되었거나, 코로나로 인해 사회적 격리 중이거늘.

2.

　연시戀詩! 이 말을 듣기만 해도 가슴이 울렁거린다. 마음도 싱숭생숭. 연애를 언제 해봤던가. 연애편지는 언제 써봤던가. 사랑의 밀어로 직조한 시를 읽은 적도 오래된 것 같다. 문득 돌아보니, 나의 감성은 무뎌졌고, 나의 글은 기능적·기계적 효율성만 따져 들고 있었다.

　그런 와중에, '선물처럼' 사랑시 한 바구니를 덥석 안았다. 사랑시. 이렇게 예쁜 시어가 시방 내 앞에서 팔랑팔랑 춤을 추다니! 감격이다. 그랬는데 막상 발跋인지 문文인지 뭔가를 쓰려니 난감하다.

　어쨌거나 송유미 시인과의 오랜 인연으로 '우정의 무대'에 초대된 이상, 연애 감정을 되새김하고 사랑의 시야詩野를 넓혀야 했다. 단언컨대, 사랑시는 연애를 하지 않고는 쓸 수 없는 시다. 그대를, 그를, 세상을, 사랑을 한 자만이 근접할 수 있는 언어 영역이다. 사랑시는 또한, 연애를 해본 자나, 연애 중인 자, 앞으로 연애할 생각이 있는 자, 그럴 가능성이 있는 자만이 온전히 빠져들어 느낌을 동일화할 수 있는 시적 영역이다.

　읽다 보니 뭔가 비치는 것도 있었다. 송유미의 시에는, 사랑의 낭만과 환상을 그린 청년 백석이 보이고, 여성적 비애의 전통 정서를 읊조린 김소월이 비친다. 백석과 소월은 시쳇말로 연시戀詩의 달인들이 아닌가. 송유미의 연시집은 이 둘을 더하고 나누어 뽑아낸 새로운 형질의 연시라고 말하고 싶다.

3.

'사랑'이란 단어를 곱씹다가 '사랑살이'라는 말이 있다는 것을 알았다. 국어대사전에는 '자기 집을 갖지 못하고 남의 사랑채에 사는 살림'을 뜻한다고 돼 있다. 이 사랑舍廊은 저 사랑love이 아닐 테지만, 통할 거라는 생각을 해본다. 우리들 사랑이 언제 온전한 사랑채를 가지고 제대로 사랑놀음을 한 적이 있었던가. 떠나간 사랑을 붙잡고 철 지난 노래를 부른다고 사랑이 돌아오진 않는다. 하여, 우리의 사랑이란, 단순한 감정놀음, 심적 장난질은 아니었던가. 솔직해지자. 언제, 누구를 사랑하고 미워했던가. 생각할수록 사랑이 어렵다. 나의 사랑은 여전히 사랑채에서 떠돈다.

4.

송유미의 연시집은 어렵다기보다 오묘하다는 표현이 적절하겠다. 이 연시집을 냉정하게 비평할 눈이 내겐 없다. 다만, 근처에서 오랫동안 송 시인을 만나온 깜냥으로 그의 오묘한 시심을 헤아려볼 뿐이다. '우정의 무대'에 초대되어 빛바랜 사랑채에서 잠자는 옛 연애편지의 희비를 떠올려보게 한 것만도 고마운 일이다. 오탁악세五濁惡世를 다 받아 안는 낙동강의 마음처럼, 광명한 오월의 하늘처럼 청아한 시인의 모습이 바로 사랑일 거라는 생각도 해본다.

5.

　사랑이 어렵다고 포기하거나 외면할 순 없다. 그저 공기처럼 사랑할 수밖에 없는 말이 사랑이다. '그대는 선물처럼 내게로 왔다'고 했으니, 나도 선물 하나쯤 받아가야겠다. 맞다. 세상에서 가장 값진 선물은 '그대'다. 아니다, 말을 바꾸자. 세상에서 가장 값진 선물은 그대의 향기다. 그대가 향기요, 향기가 그대다. 연시는 창공으로, 사람들 가슴마다로 퍼져나갈 때 오롯한 사랑시가 된다. 그대의 향기가 있기에 세상의 모든 아침과 저녁은 그리 쓸쓸하지 않다.

　그의 까칠한 연시를 주르륵 읽다가 문득 결심했다. '누군가에게 당장 연애편지를 써야겠다'하고. 수취불명ㆍ수신불가는 따지지 않기로 한다. 연애편지를 쓴다는 것만으로 기쁠 수 있다면, 그보다 더한 선물이 어디 있겠는가.

얼어붙은 마음에게 띄우는 연애편지

최영철 시인

얼어붙은 마음에게 띄우는 연애편지

최영철 시인

　제대로 된 사랑시를 한 번 써 보고자 하는 것은 모든 시인의 욕망이다. 아니, 모든 좋은 시는 사랑시이기도 할 것이다. 시와 시인이 가 닿아야 할 궁극의 목표, 사랑시는 시라는 이름으로 펴부었던 증오와 야유, 시기와 의심과 절망이 쥐 죽은 듯이 사그라지어야 비로소 가능해지는 형식이다. 겉으로만 시인다워서는 안 되고 그런 모든 반란들을 자기 내부에서 다스릴 수 있을 때, 말하자면 진정으로 시인다워졌을 때 저도 모르게 우러나오는 형식이다. 그러나 그렇게 되기가 어디 말처럼 쉬운가? 시인은 기다릴 수가 없다. 시 쓰기가 완전한 인격체에 가 닿은 자아의 진술이라기보다 오히려 내부의 비인격적인 요소에 반란하고 충돌하는 과정인 것처럼 사랑시 역시 미완성의 상태에서 사랑의 궁극으로 나아가고자 하는 하나의 자기단련 과정일 터이다.

　시인은 조급하고 엄살이 심한 몽상가들이다. 시의 대상은 바위처럼 묵묵한데 혼자 그 무념의 대상을 향해 밤새워 눈물의 연서를 쓴다. 님은 돌아서서 이미 저만큼 가고 있는데 시인은 그 자리에 서서 오랫동안 님의 뒷모습을 보며 손을 흔들고 있다. 속은 갈가리 찢기면서도 임이 잘 가시도록 꽃을 뿌려주는 어리석은 사랑이다. 버림받은 자리에 망부석으로 붙박여 고개를 넘어간 님이 다시 그 고개로 돌아오리라고 믿는 가련한 사랑이다. 님은 물같이 까딱도 않는데 혼자 눈물 콧물을 찍어내는 청승맞은 사랑이다.

　시인은 완전한 사랑을 원하지 않는다. 시인의 성감대를 자극하는 것은 궁합이 잘 맞는 세계가 아니라 서로 어긋나서 삐걱거리는 불화의 세계다. 그 어긋나고 삐걱거리는 세계를 해체하고 조립하고 중재하고자 하는 욕망을 가진 존재가 시인이다. 그러므로 시인이 원하는 사랑은 나란히 가는 평행선이 아니라 힘겨운 줄다리기나 아슬아슬한 외줄 타기이다. 놓친 기차가 아름다운 것처럼 실패한 사랑이 아름다운 법, 시인은 삐걱거리는 사랑에 불안해 하는 것이 아니라 순탄한 사랑 앞에서 불안해한다. 시인의 사랑은 파국을 꿈꾸는, 파국을 전제로 한 사랑이다. 이것이 상처를 먹고 커야 하는 시인의 숙명이다. 어쩔 수 없는 일이다.

　　나는 가만히 있고 그대는 간다

　　그대는 가만히 있고 나는 얼후소리처럼 달을 통과해

　　움직이지 않아도

　　만날 수 있는 곳을 향해

새가 되어 날아가고 있다

가면서 부르는 이름들

모자처럼 날아간다

날아가는 모자는 다시 쓸 수가 없다

가도 가도 만날 수 없는 이름만 다가온다

만나도 만나도

낯선 얼굴만 구름 되어 흘러간다

　　──「종이달」부분

당신, 눈에 보이지도 않는 길마저 왜 이리 힘이 듭니까 당신에게 가는 길은 왜 이리 길고 먼지 하루에도 몇 번씩 길 위에 주저앉습니다 그러나 저를 여기까지 끌고 온 이 길을 차마 버릴 수가 없습니다 얼마나 많은 길을 포기해서 지푸라기처럼 잡은 길이기 때문입니다

　　──「가보지 못한 길 위에서」부분

송유미의 사랑시는 온갖 불화들로 삐걱거린다. 그 사랑은 달콤한 합의에 도달해본 적이 없는 사랑이다. 이런 사랑은 더없이 불우하다. 현재의 악조건을 견디게 하는 행복한 추억의 순간이 없기 때문이다. 삼풍백화점의 내려앉은 건물 틈새에서 버틴 사람들도 한때의 행복했던 시간들을 비상식량처럼 되새김질했을 것이다. 그러나 송유미의 사랑은 평행선을 그려본 적이 없는 불협화음의 사랑이다. '당신이 우실까 봐 차마 죽을 수도 없'는 지극한 사랑이면서도 한편에서는 끊임없이 이별을 준비하고 있었

다는 것은 이해할 수 없는 이율배반이지만 시인의 사랑은 이럴 수밖에 없다. 어차피 완성을 전제로 한 것이 아니라 상처받고 헤어지기 위해서 시작한 사랑이기 때문이다.

상처가 없는 사랑이란 시인에게 무의미하다. 상처가 완전히 아물어버린 사랑이란 조율이 되지 않아 아무짝에도 쓸모가 없어진 낡은 현악기와 같은 것이다. 시인은 성취한 사랑이 주는 달콤한 술잔보다 쓴 실연의 술잔 쪽에 더 마음이 끌리는 존재들이다. 들어갈 열쇠를 잃고 닫혀있는 문 앞에서 서성거리는 존재이며 만나지도 못하고 도달할 수도 없는 길을 외롭게 걸어가는 존재들이다.

사랑시의 어조는 대체로 다음의 세 가지 형식을 띤다.
자신의 진심을 전달하고자 하는 절절한 고백과 구애.
그 절절한 고백과 구애에도 무심하기만 한 그대에게 퍼붓는 원망과 한탄과 투정.
그 원망과 한탄과 투정까지도 도대체 무정하기만 한 그대에게는 아무 소용이 없다는 것을 깨닫고 난 뒤의 자포자기.
물론 이 같은 심경의 변화는 단계별로 일정한 수순을 밟는 것이 아니라 변덕스러운 날씨처럼, 시시각각 뒤엉키며 마음속에 혼재하게 될 것이다. 그대의 무심함을 원망하고 투정하다가도 이러다가 영영 그대가 멀어질지 모른다는 두려움에 오히려 그 전보다 더 절절히 사랑을 고백하기도 할 것이고 자포자기의 마음이었다가도 일말의 떨칠 수 없는 미련에 이끌려 더 강한 원망과 탄식을 담아 보내기도 할 것이기 때문이다.

우리가 앉아 있던
모래밭에 모래들은
파도에 밀려 하나 둘씩
바다 밑으로 다시 사라집니다
시간은
지우개처럼
우리가 걸어왔던 길을 지워버려
저는 돌아갈 수가 없습니다
밤새 밀려오는 파도에
실려 가지도 못합니다
바위처럼
그대로 앉아 있습니다
당신이 오기까지는
아마 영원히 일어설 수 없는
바윗돌입니다
― 「잉크빛 슬픔」 전문

시집의 곳곳의 시편들은, 밤낮없이 교차해 간 의연한 결단과 쭈뼛거리는 망설임 사이에서 일어난, 열병의 파편들일 것이다. 한갓 그대 사는 방의 휴지통이라도 되어 그대 곁에 있기를 바라다가도 왜 당신은 나를 보고 싶어 하지 않느냐고 투정을 부리며, 내 사람이 아닌 사람임을 깨닫고 잘 가라고 작별을 고해 놓고도 당신이 올 것 같아 죽지도 못하겠다는 고백을 계속한다. 그러면서 당신은 내 마음을 너무 몰라주는 것 같다고 투정한다.

그러나 시인은 이런 열병을 치유할 의사가 전혀 없다. 아니, 이 열병은 모름지기 치유되어서는 안 되는 열병들이다. '당신이 오기까지는/ 아마 영원히 일어설 수 없다'는 고백처럼 시인에게 이러한 열병은 세계를 내다보는 하나뿐인 창의 구실을 하기 때문이다. 사랑은 세계를 향해 열린 시인의 촉수다. 사랑이 없다면 시인은 환희와 절망을 모르게 될 것이다. 그러나 사랑이 없이, 오감을 상실한 식물인간처럼 사는 인생들이 지금 얼마나 많은가. 송유미의 사랑시는 세상의 얼어붙은 마음들에게 띄우는 절절한 연애편지다.

편지

사랑, 그 존재의 길

정영태 시인

사랑, 그 존재의 길

정영태 시인

송유미 시인.

한 해가 시작되는 정월의 초엽, 어젯밤에는 눈이 많이 내렸습니다. 나는 당신의 시집을 읽어보다 창밖을 바라봅니다. 여기 남녘에는 눈이 드문 만큼, 온 도시가 흰 축복에 싸여 있습니다. 어제 당신의 D일보 신춘문예 당선 축하 모임을, L시인과 셋이서 조촐하게 가지고 돌아오면서 나는 즐거이 눈을 맞았습니다. 머리와 어깨에 쌓이는 눈이 그리 싫지만은 않더군요.

사랑을 주제로 한 권의 시집을 엮기란 쉽지 않을 터입니다만, 이 시집은 사랑을 향한 간곡한 기다림과 그리움으로 가득 차 있습니다. 우리는 사랑이란 말을 낭비하고 삽니다. 그러나 사랑이란, 말을 통하지 않고도 저 멀리서 존재를 부르고 있습니다. 들리지 않고, 보이지도 않는 사랑, 당신은 그걸 시로 엮어내었더군요. 나는 한 시집에 대해 이야기하기보다는, 사랑이란 것에 대해 이야기해 볼 시간을 가질 텝니다. 우리가 흔히 만나고, 경험하고, 또 헤어지는 사랑, 인간에게 생명을 주기도 하고, 죽음을 요구하기도 하는 사랑의 정체는 무엇입니까.

한 인간과 한 인간 사이의 사랑, 그것은 도대체 무엇을 의미하는 걸까요. 단순한 성적 욕망의 과정일까요. 그러기에는 우리의 삶은 너무나 아름답습니다. 이 도시, 당신과 내 집 지붕에 쌓인 눈처럼 말입니다. 사랑은 성적 욕망에서 시작될지 모르지만, 그것으로 마무리된다고는 여기지 않습니다. 사랑의 현상학은 성적인 것을 초월한 공간에서 진정한 존재의 집을 지을 터이니까요.

그대는 나에게로 오는 길을 알고 있나요 나는 그대에게 가는 길을 모릅니다 그대가 토막토막 우리가 걸어온 길을 가위로 잘라 버렸기 때문입니다 우리의 길은 이제 바람에 날려 흩어지고 더 이상 걸어야 할 길이 없습니다 이렇게 오도 가도 못 하는 몸이 되어 당신을 원망합니다

조각 난 그 길을 기워서 그대에게 가고 싶습니다 지금와서는 죽음 곁에 가 있더라도 나는 그대를 그리워할 것이 뻔할 것입니다 저승은 너무 멀어, 그대에게 가는 길이 그만큼 길어지기 때문입니다 차라리 조각난 길을 덕지덕지 기워서라도 그대 곁으로 가고 싶습니다 그대가 나에게로 오는 길을 기억하고 있다면 다시 되돌아오길 기다립니다 이 기다림마저 입김으로 불어 지우지 말길 바랍니다 그것은 생명을 지우는 일입니다

　　—「울룰루 가는 길 —선표에게」 전문

송유미 시인,

이제 나는 사랑으로 향한 기다림이 곧 '생명'임을 깨닫습니다. 사랑이 없는 세상은 죽음이 지배하는 세상일 테지요. 사랑은 곧 생명을 향한 길의 시작이 되고 있습니다. 살아있음은 한 존재가 모습을 지니고 나타나서 자신을 확장해 나가고, 타존재를 자신 안에 포용함으로써 더 크고 넓은 삶의 공간을 만들어 가는 과정이라 할 수 있습니다. 이 공간을 예비하는 일이 '기다림'입니다. 이 시에서, 그러나 사랑으로의 길은 쉽지 않지요. 죽음의 존재들이 사랑을 저해하고 생명을 훼손하기 때문입니다. "생명을 지우는 일"은 "기다림마저 입김으로 불어지우"는 일입니다. 그렇다면 기다린다는 것이 생명 활동과 동일시됨을 알 수 있습니다. 사랑의 기다림은 생명을 위한 것으로 표현되지요. 사랑하는 존재들은 기다림으로 생명을 실현하는 것이 됩니다. 무엇이나, 누구를 기다린다는 일은 그것을 사랑한다는 말과 동의어이며, 그러므로 사랑한다는 말은 곧 우리 존재가 생명이 있고, 살아있음이 되는 것 아닌지요.

기다림은 삶을 아름답게 합니다. 기다림이 없는 삶은 황야를 방황하는 것과 같습니다. 기다림은 길을 만들고 길 앞에 우리를 서게 합니다. "그대에게 가는 길"이 바로 기다림이며, '그대'를 기다리며 한 삶을 산다는 건 얼마나 멋진 일입니까. "우리는 이제 바람에 날려 흩어지고 더는 같이할 길이 없습니다"라는, 절망에 사로잡히지만, 결국 기다림은 또 길을 만들어 줄 뿐 아니라, 사랑과 생명을 호흡하게 합니다. 창밖의 저 길들이 눈보라 속에 지워지겠지만, 그러나 나는 알고 있습니다. 눈이 그치면 기다림의 길이 다시 열리고, 사랑과 생명의 발자국이 다시 나타나리라는 것을.

생명 있는 존재는 삶을 사랑하고, 사랑에서 즐거움을 찾으나, 죽음은 이 모든 것을 무위로 돌리고 맙니다. 삶의 빛나는 공간과 시간을 죽음은 허무하게 만들어버립니다. 그러므로 삶은 순간순간 죽음을 이기고 견뎌내야 합니다. 지금 와서는 "죽음 곁에 가있더라도 그대를 그리워할 것입니다"라고 말할 수 있는 것은 곧 죽음을 견디는 삶의 힘이 아닐 수 없습니다. 이토록 그리움은, 사랑과 생명에의 목마름은 삶을 가치롭게 하고 존재를 당당히 삶 앞에 드러나게 하는 것입니다. 기다림은 그리움과 한 얼굴을 하고 있으며, 그리움과 기다림은 다른 둘이 아니라 당연히 바로 하나입니다. 무엇을 기다린다는 말은 그것을 그리워한다는 말과 동일하며, 무엇에 대한 그리움은 당연히 그것을 기다린다는 뜻이기도 하지요. 그리워하며 기다리는 "그대에게로 가는 길"을 찾으려는 그리움과 기다림은 사랑하는 연인들의 본질이라 해도 그르지 않습니다. 사랑이란 그리워하고 기다리면서 성숙해 가니까요. 그리움은 존재의 생명을 사랑으로 채워 놓으며, 존재가 위치할 수 있는 근거와 기반을 제공하는 것입니다. 그리움은 우리의 존재를 어둠 속에서도 지켜주며, 우리의 존재를 확고하게 하지요. 존재란 지향하는 그 자체가 중요하기 때문입니다. 어떤 것을 그리워하고, 어떤 것을 기다리는가 하는 것, 즉 그 지향점이 이미 그 존재를 규정하고 정의하게 한다는 의미입니다. 사랑과 생명을 지향하는 존재의 내부에는 이미 사랑과 존재의 빛이 스며들어 있지 않을까요. 그러므로 "그대가 나에게로 오는 길을 기억하고 있다면 그대가 다시 되돌아오길 기다립니다"라고 말할 수 있으며 당신의 존재 내부에서 불타는 빛은 이미 "그대가 나에게로 오는 길"을 비추고 있게 되는 것입니다. 비록 그 길이 현재는 보이지 않아도, 기다림이 있기에, 그 길이 나타나리라는 믿음을 지니게 되고, 이 기다림이 사랑이 지닌 생명력의 근원이 되기도 하는 것입니다. "저승은 너무 멀어 그대에게 가는 길이 그만큼 길어지기 때문입니다."에서 볼 수 있듯이, 생명력의 근원이 되는 기다림은 죽음을 거부하고 삶 속에 들어가려는 의욕을 거침없이 드러낸다 할 수 있습니다. 죽음에서 만나기를 거부하고 오직 삶 속에서 사랑을 이루려는 욕망은 실존적 인간만이 가지는 욕망일 수밖에 없습니다. "바람에 날려 흩어지고 더는 같이할 길"이 없는 듯한 절망 속에서도 이 기다림은 꽃 피어나서 사랑하는 인간을 아름답게 하는 것입니다. 동토 속에서도 한 톨의 씨앗이 봄을 기다려 꿈꾸듯이, 사랑은 기다림과 그리움으로 생명을 지니는 것이며, 시인은 이 생명을 영혼과 가슴에 간직하게 됩니다. "오도 가도 못하는 몸"이 되어 당신을 원망하게 되지만, 그러나 그 원망조차도 그리움과 기다림의 결과인 것이며, 원망은 기다림과 그리움의 다른 형태가 되는 것일 테지요. 그리움과 기다림의 목적이 만일 있다면 그것은 "나에게로 오는 길"과 "그대에게로 가는 길"을 찾는 데 있을 것이지만, 그러나 아무도 보여주지 않습니다. 스스로 "조각난 길을 덕지덕지 기워서라도 그대 곁으로 가고 싶습니다."라는 구절은 그리움과 기다림으로 누비고 기워진 사랑이 얼마나 다치기 쉬운 것인가를 말해 줄 뿐 아니라, 사랑으로 가는 길은 참으로 어려운 것임을 말해 주기도 합니다. 사랑의 상처는 사랑하면서도 "그대가 토막 토막 우리가 걸어온 길을 잘라 버리"기도 하는 모습으로 나타나기도 합니다. 사랑을 갈구하면서도 사랑하는 이들은 그들이 처해 있는 현실적 상황에 매여 자신도 모르게 사랑에 상처를 준다는 말입니다.

상처 앞에서 우리는 당황하게 됩니다. 그러나 기다림과 그리움은 이 고통스런 상처를 사랑의 힘이란 이름으로 치유하는 능력을 갖추고 있습니다.

상처의 아픔은 생명의 경보가 되기도 합니다. 살아있는 이만이 아픔을 느낄 수 있는 것 아니겠습니까, 사랑은 인간에게 살아있음을 느끼기 위하여 고통을 주는 것인지도 모릅니다. 이 고통은 "살아있음의 찬란한 비애/ 이 순간의 애달픈 몸부림/ 누가 나의 생명을 연장할 것인가/ 누가 나의 기쁨을/ 천리까지 내달리게 할 수 있는가/ 살이 터지고/ 뼈가 으스러져도/ 죽음으로, 항거할 수밖에 없다/ 너에게로 이르는/ 이 사랑은"(「폭포」 전문)에서 나타나 있듯이 사랑을 향해 생명 의식을 소리높여 외치게 하는 것입니다.

버튼을 누른다.
저 어두운 세상에 갇혀 사는, 너에게로
따르릉
따르릉
살아있다는 기별을 울리고 있다,

발신음이 떨어지지 않는 고장난

빨간 공중전화 앞에서

불 꺼진 그리움을

따르릉 따르릉

살아있음의 경보를

울리는 것이다.

— 「빨간 공중전화」 부분

송유미 시인,

이처럼 사랑은 상대에게 "살아있음"을 일깨워 주며, 상처의 치유는 우리의 존재를 다시 소생시키는 역할을 하고, 존재의 생명을 이어가게 합니다. "살아있다는 기별"과 "살아있음의 경보"를 사랑하는 이에게서 들을 때, 존재자로서 아직도 생생히 살아있음을 깨닫고 생명의 환희와 희열에 잠기게 됩니다.

파스칼은 인간은 두 개의 무한성, 즉 무한히 큰 것과 무한히 작은 것과 사이에서 꾸준히 동요하는 존재로, 이제 인간은 그 가운데에서 설 자리를 상실하였다고 합니다. 그러나 나는 사랑이야말로 무한히 큰 것과 무한히 작은 것 사이에서 인간을 제자리에 놓아둘 수 있다고 믿습니다. 파스칼은 사유가 인간의 존엄을 형성한다 했지만, 사랑은 더 큰 힘으로 인간을 존엄하고 위대한 존재로 만듭니다. 인간이 사유하고 회의함으로써 실존적 절망 한

가운데에 던져져 있다면, 사랑의 욕망은 이 절망 한가운데에서 인간의 삶이 지탱할 위치를 정립해 준다고 하겠습니다. "저 어두운 세상에 갇혀 사는 너"와 "발신음이 떨어지지 않는 고장 난/ 빨간 공중전화 앞에서/ 불 꺼진 그리움"이 둘 사이에 사랑이 달리 놓여 있다면, "따르릉"하는 소리로써 두 연인은 한자리에서 하나의 삶, 하나의 존재로 연결되는 것입니다. 그러므로 사랑은 가장 외적인 한계인 죽음을 앞질러 갈 수 있으며, 죽음의 유한성이 건네는 말을 잠시 잊게 하고 삶의 열정과 생동감을 축하하는 목소리에 귀 기울이게 합니다. 생명의 기별을 울리고 생명의 경보를 울린다는 것은 사랑이 아니고는 할 수 없는 일입니다. "따르릉 따르릉"하는 소리는 살아있음을 증거하고 삶의 터전을 마련하는 일일진대, 이 발신음은 사랑의 상처를 삶과 존재에의 무한한 기다림과 그리움의 흔적으로 바꾸어 놓게 되는 것입니다.

그러나 기다림과 그리움의 발신음이 통하지 않을 때는 사랑의 상처도 별 수 없이 우리의 존재를 죽음 쪽으로 접근시키고 맙니다. 사랑의 연결 끈이 아예 잘라져 버린다면, 사랑의 힘도 사랑의 상처를 치유할 능력이 소멸되어 버립니다. 생명의 기별과 경보가 될 수 없는 세속적 사랑, 그리고 존재의 확장 대신 위축과 왜소화를 가져오는 사랑, 생명의 발신음이 되지 못하고 죽음으로의 신음과 비명이 되는 사랑은 소멸과 추락만을 기약합니다. 상처가 깊어 곪고, 아물지 않고 썩어 간다면, 발신음을 보내려고 버튼을 눌러보아야 탄식과 아우성 외에는 들리는 것이 없습니다. 그리움과 기다림이 절연된 상태에서는, 삶은 소멸되고, 끝없는 암흑만이 눈 앞에 펼쳐질 뿐입니다.

기다림과 그리움은 삶의 한가운데에 우리를 던져 놓고, 자신을 자신의 삶으로부터 끊임없이 도망치게 하는 대신, 내가 존재하기 위하여 나 자신을 생성하게 하는 삶의 의욕을 갖게 합니다. 삶을 한갓 환상이나 無와 허무로 구성된 것이라 보지 않고, 생명이 가득한 실재적 현장으로 인식하게 합니다. 이 순간부터 우리는 삶의 실재를 생생히 포착하게 되는 것입니다.

사랑이 소멸되는 이러한 의욕은 고통으로 깊이 남아 삶을 무위와 허무로 채워 놓습니다. 삶을 한갓 환상적인 것으로 만들고, 삶이 무와 허무로 구성된 것으로 인식하게 하며, 삶에서 실재적 행동이란 아무것도 없는 것으로, 무위의 세계로 변화시킵니다. 여기에서 우리는 실재를 상실한, 가면을 쓴 허위와 위선의 세계 내에, 삶의 반경이 제한되어 버립니다. 진실은 거짓으로 대체되며, 사랑의 영역은 무관심이 점령하여 그 영역을 지배하게 됩니다.

사랑은 창조이며, 서로가 상대에게서 생명력을 흡수하는 일입니다. "따르릉"하는 전화벨 소리는 생명력을 주고 나누는 기관의 접촉과 같습니다. 이 기관이 접촉될 때, 삶은 실재의 모습을 하고 현실에 모습을 드러내게 됩니다. 사랑을 상실한 마음은 삶을 죽음과 혼동하게 합니다. 삶의 활동을 고통을 이기지 못하는 몸부림으로 파악하게 하며, 존재는 무와 허무의 불꽃 위의 내던져진 희생물이 되고, 삶은 화덕 같은 것이 되고 말지요.

이러한 삶의 양식은 능동적 욕구에서 떠나 수동적인 형태가 되고, 이 폭력과 강압은 삶에 내재된 시간과 공간을 희생시킵니다. 우리가 참여할 수 없고 소외되어야 하는 자신의 삶, 그것은 치욕이 아닐 수 없습니다…. 이런 처절한 삶의 모습을 한 편의 시에서 예감할 수 있습니다.

　　나는 너무 당신에게

　　절여지고 썰어지고

　　그리고 먹혔습니다

　　내 꿈은 늘 바다를 꿈꾸고 있었지요

　　절어진 내 몸은 어느새 꽁꽁 얼어

　　차디찬 당신의 가슴에 박혀 버렸지요

　　이제 당신의 냉대로

　　난 미쳐버릴 것 같습니다

　　당신의 발걸음 소리도

　　들리지 않는 냉동실에서

　　지나온 아픔은

　　그대로 살아

　　그대로 펄펄 살아

　　석쇠 위에 활활

　　푸른 내 살이

　　지져지길 바라는

　　고통만 남아 있습니다

　　― 「고등어 시절」 전문

송유미 시인,

사랑에게서 냉대 받은 상처는 "절여지고 썰어지고/ 그리고 먹혔습니다."라고 절규하게 합니다. 늘 바다를 꿈꾸고 있었지만 "어느새 꽁꽁 얼어/ 당신의 가슴에 절여진 내 몸은, 당신의 차디찬 냉대로 난 미쳐버릴 것만 같"은 경우가 되지요. 상처는 이렇게 우리의 존재를 위협합니다. 삶은 죽음과 구별되지 않고, 사랑의 상실은 삶의 생명성을 빼앗아 죽음의 냉동실에서 절여지고 썰어지고 먹히기를 기다리는 상태로 고정시키고 맙니다. 여기에서 인간의 존재는 위기에 처해지고 존폐의 기로에 놓이게 됩니다.

"당신의 냉대", 다시 말하여 사랑이 없는 곳에서 우리는 인간적 존재를 상실하게 된다는 뜻입니다. 우리의 존재는 위축되고 왜소화되어, 변형되고 왜곡된 모습으로 삶 앞에 나타나게 됩니다. 그러므로 진정한 자아는 소진되고, 미쳐버릴 것 같은 광적 의식만 남게 되는 것 아니겠습니까. 존재가 자유롭게 유영할 삶의 바다는 죽음의 냉동실로 대체됩니다. 죽음의 냉동실 안에서 존재란 한점의 살덩이, 소금으로 절여진 한 마리의 생선으로 전락한 운명에 불과하게 되는 것입니다.

그뿐만 아니라, "석쇠 위에 활활/ 푸른 내 살이/ 지져지길 바라는/ 고통"만 남습니다. 이제 생명으로부터 소멸의 과정으로 들어가게 되는 것이지요. 존재의 소멸 현상을 아무것도 막을 수 없습니다. 시간과 공간은 암흑 속으로 사라져 버리고, 인간의 존재성은 인간 아닌 물질의 세계로 추락합니다. 우울의 세계에서 사랑 따위는 아예 없어지고 맙니다. 이런 세계는 동물적 욕망과 식물적 무관심과 광물적 무반응의 세계로서, 인간의 올바른 존재가 나타날 수 없습니다. '미친다'는 말은 올바른 자아가 성립되지 못하고, 이성적이기보다는 광폭한 원초적 반응 양식에 지배를 받는다는 말입니다. 광적인 상태는 이성에 의해 자아의 존재를 이루는 것이 아니라, 광기에 의한 자포자기의 상태에 머무는 것입니다. "그대로 살아/ 그대로 펄펄 살아/ 지져지길 바라는/ 고통만 남아 있습니다."는 자포자기의 상태에서 자학의 고통이 폭발하는 절규가 아니고 무엇이겠습니까.

당신이 우실까 봐 차마 죽을 수도 없습니다

어쩜 죽음에 이르도록, 당신이란 병에 걸렸는지 모릅니다

네온 불빛의 번쩍임이 내 눈을 찔렀을 때

오늘도 지하철을 탑니다

할 일 없는 사람처럼

종점에서 종점까지

번갈아 타며

수많은 사람 속에 있어 봅니다

그 분주함 속에서

당신을 만날 수 있을까 하는 기대가

내일도 이어질지 모릅니다

모래알보다 많은 대중 속에서

당신을 만날 수 있는 일은

기적일 것입니다

한 통의 편지면

한 통의 전화면

당신을 찾는 길이

빠르다는 것을 잘 알고 있습니다

그러나 그럴 수 없습니다

간단히 만날 수 있는 당신을

내가 사랑할 수 없습니다

쉽게 헤어질 수 있는 사랑이라면

이처럼 괴롭지 않을 것입니다

전 알고 있습니다

당신을 진정으로 만나기 위해서는

어려운 길로 가야 한다는 것을요

— 「Amor Fati」 전문

송유미 시인,

하이데거는 인간의 실존은 "관계"와 "관심"속에 드러나는 것이라 했습니다. 이 시에서는 관계가 만남으로, 관심이 사랑으로 변형되어 있는 듯합니다. 인간들이 만나서 맺는 관계가 발전하여 서로 관심을 가질 때, 인간의 존재는 그 속에 안주하게 됩니다. 관계 즉 만남과 관심 즉 사랑이 없다면 존재는 드러나지 않고 소멸하거나 침몰한다는 뜻입니다.

"당신이란 병"은 관계/ 만남의 시작이요, 치유될 수 없는 사랑은 관심/사랑의 시작입니다. 이러한 관계/ 만남을 위하여 시인은 일상이 이루어지는 지하철의 수많은 사람 속에 서 있게 됩니다. 아직은 올바른 만남을 이루지 못했기에 이러한 작업은 날마다 일어나고 내일로 이어집니다. 그러나 만남은 쉽게 이루어지지 않습니다. 그리하여 "모래알보다 많은 대중속에서/ 당신을 만나는 일은/ 어쩜 기적일 것입니다"라고 호소를 하게 됩니다.

인간의 존재 자체는 無라고 하지만, 사랑은 이 無에서 존재를 창조합니다. 무에서 존재는 더는 존재가 아니지만, 존재는 모든 기적 중의 기적이 일어나는 바로 그것뿐만 아니라. 존재가 있다는 바로 그것을 통하여 사랑은 無에서 존재를 해방시키고 존재자로 표상하게 합니다. 사랑하는 상대를 만나고 사랑한다는 것을 無일 지도 모를 삶 앞에서 하나의 존재가 된다는 걸 의미한다는 거지요. 그러므로 만남과 사랑이 존재를 현현하게 해주는 것이 아닐까요.

존재를 드러낼 수 있는 만남이 일어나지 않았으므로 사랑은 지연됩니다. 이 일은 "한 통의 편지나 한 통의 전화" 같은 기계적이고 일상적인 세계에서는 성립되지 않습니다. "간단히 만날 수 있는 당신은/ 내가 사랑할 수가 없습니다"라는 말은 사랑하는 당신을 보다 승화된 차원에서 만나야 하기 때문입니다. 시인은 본능적으로 "당신을 만나기 위해서는/ 어려운 길로 가야 한다는 것을" 알고 있습니다. 어렵고 괴로운 길을 통하여 자신의 존재를 드러내고 확장해 가는 가운데 관심/ 사랑은 발견되어 질 수 있습니다.

사랑은 둘이 동일체임을 확인하는 과정이라 할 수 있군요. "당신" 속으로 자신의 존재가 확장되는 것이고, 또 "당신"이 내 속으로 들어옴으로써 내가 더욱 확장되는 일입니다. 이 "기적"이 우리 곁에서 일어날 생명을 갖게 되는 것입니다. 관계/ 만남, 관심/ 사랑은 우리 존재의 드러남이요, 존재가 확장되는 공간을 마련하는 작업입니다. "가도 가도 행복한 수평선이 되어/ (중략)/ 심장을 뒤집어 놓는" 공간이지요.(「물방울 권유」 부분)

사랑은 보다 존재를 신장시키고, 더욱 넓게 존재를 확대하고, 더 높게 존재를 끌어올립니다. 이렇게 사랑을 통하여 존재를 확장함은, 마르쿠제의 말대로 자신의 존재를 감금하려는 모든 조건에 대한 저항이기도 합니다. 사랑하는 존재들은 많은 제약을 받습니다. 그러나 사랑은 이것에 저항하고, 사랑속에서 자신의 존재는 건실합니다. 이것은 죽음도 불사하는 저항으로 나타나기도 합니다. 어쩌면 사랑은 상식적인 세계와의 화해가 아니라, 세계와의 불화인지도 모릅니다. 예수도 그의 천국은 개인과 세계와의 불화를 통하여 통과할 수 있다고 하지 않았나요.

한 인간을 사랑한다는 일은, 한 인간에 대한 그리움과 기다림은, 또 이를 위하여 사랑과 생명으로 가득한 시를 쓴다는 일은 세계와의 불화를 자초할지 모릅니다. 올바른 존재, 선한 존재, 아름다운 존재가 되기 위해서는 많은 희생이 따라야 하기 때문입니다. 오직 사랑만이 대가로 삼고, 사랑을 향해 몸을 던질 수 있는 이만이 사랑속에 서있는 자신의 거룩한 존재를 볼 수 있다면 과장일까요.

숨기고 싶을 때 확실히 구겨 주는 여자. 헤어지고 싶으면 선혈도 없이 찢겨져서 냉정하게 돌아서 버리는 여자. 밤새도록 사랑을 받아 써도 바닥을 보이지 않는 여자. 더는 얼굴이 생각이 나지 않아 지우개로 지워버리면 하얀 치아를 드러내어 웃는 여자.

단 한 번의 통정通情에도 가슴에 까맣게 재를 남기는 여자. 만날수록 순수해지는 여자. 풍선보다 가벼워 작은 유혹에도 속마음을 보이는 여자. 싫증 나면 접고 접이 학처럼 날려버릴 수 있는 여자. 작은 물방울에도 온몸이 젖어버려 눈물이 되어 흐느끼는 여자.

백치白痴같은 여자. 돌아누우면 또다시 백지 되어 아무것도 읽을 수 없었던 여자. 아침이면 지울 수 없는 흔적으로 또 나를 꿈꾸게 하는 여자…….

─내가 너 같은 여자를 어떻게 버릴 수 있니?

─「종이 여자」 전문

송유미 시인,

사랑 앞에서는 이 여자처럼 누구나 겸허한 자세가 되기 마련입니다. 사랑을 위하여 일체를 내던질 때, 올바른 존재를 이룰 수 있는 것이 아닐까요. 이 시 안의 여자는 사랑할 때 당신의 모습은 아닐까요. "지울 수 없는 흔적으로 나를 꿈꾸게 하는 여자"를 누군들 사랑하지 않을 수 있나요.

사랑 안에서 인간은 더 이상 객관으로 표상되지 않으며, 인간 존재 자체가 사랑이 되는 현상을 나는 봅니다. 그러한 여자는 절대적 사랑 속에서 존재를 드러내고 실현하는 것이니까요.

사랑을 규정 지우는 것은 사랑하는 상태를 통해서입니다. 사랑하는 연인의 눈을 통하여 자신의 존재를 들여다보고 사랑이란 정체를 확신하게 되는 것이지요. 사랑의 본질은 이 시 속의 많은 여자의 모습을 통하여 눈앞에 나타나게 되지만, 그러나 사랑은 한편으로 비밀로 남게 됩니다. 그 존재부터 기원된 모든 실존은 그 존재가 그 자체가 있어 한 번도 밝혀지지 않은 힘을 가지고 있기 때문입니다. 사랑은 그 모두이면서도 그 아무것도 아닐 수 있으니까요.

인간은 유일한 존재입니다만, 사랑은 이 유일성으로부터 영원을 향하게 합니다. 사랑은 무에서 인간 존재를 창조하여, 자신의 진정한 모습과 사랑하는 연인의 모습이 겹칠 때, 연인 안에서 사랑에 의해 무로부터 존재로 지향하는 자신의 모습으로 볼 수 있습니다. 존재를 지우려 하는 자신의 발자취가 사랑이라는 형식을 밟고 있다는 사실을 깨닫게 됩니다. 사랑은 자신만의 의지를 포기하고, 사랑 자체의 의지에 내맡길 때에 진정한 사랑이 됩니다. "구겨 주는 여자", "돌아서 버리는 여자", "바닥을 보이지 않는 여자", "하얀 치아를 드러내며 웃는 여자", "날려 버릴 수 있는 여자", "물처럼 흐느끼는 여자" 등은 자신의 의지로 사랑을 변화시키기보다는 사랑 자체에 의해 변화된 모습입니다. 사랑은 그 여자를 "백지"로 만들어 놓지만, 그 여자는 사랑을 간직하고 사랑으로 다시 태어나는 순수한 존재이기에 사랑의 힘에 따르는 것이 아니겠습니까. 그러므로 그런 여자는 버릴 수가 없고, 이제 사랑하는 상대 안에 영원히 들어가 있는 것 아니겠습니까.

사랑하는 상대방 안에 들어가 상대방을 자신의 존재로 충만하게 하고, ("너 하나로 가득 차오른다/ 천천히 나를 스며들더니/ 위험수위를 알려 온다// 너는 나를 넘쳐 흐르고/ 나는 너를 넘쳐 흘러// 저만큼 흘러가는 물." 「꽃팔자 물팔자」 부분) 이미 상대방에 흡수되어 일체가 되어 버린 상황을 발견하고 놀랍니다. (너는 너지만/ 이미 내 안에 들어와/ 출렁이는 바다를/ 술통처럼 비울 수가 없다 (중략)/ 이미 내 안에 담겨와/ 산산이 부서진 파도를/ 어떻게 돌려줄 수 있을까 「키프로스 섬의 하룻밤」 부분)

송유미 시인,

이처럼 사랑은 사랑을 인식하는 데 그치지 않고, 서로의 존재에 스미고 서로의 존재를 채우는 확고한 참여를 통해 완성됩니다. 사랑을 분석하는 정신분석학자는 사랑의 아름다움에 관여하지 않으며, 여인의 시신을 해부하는 해부학자는 여인의 아름다움에 관심이 없습니다. 사랑이 어떤 것이라고 주장하는 무미건조한 형이상학자도 사랑의 아름다움을 전혀 알지 못합니다. 사랑의 아름다움을 확실히 아는 이는 사랑에 적극적으로 참여하는 연인이 아니면 안됩니다.

인식은 더 이상 우리를 만족시킬 수 없습니다. 사랑과 관련된 사건들은 너무나 광범위하고 너무나 격렬한 감정의 소산이어서 사랑을 인식하는 것만으로는 사랑과의 관계나 만남을 이룰 수 없습니다. 따라서 사랑에는 인식을 초월한 '참여'가 절대 필요한

것입니다. 사랑은 우리밖에 위치한 목적이 아니고, 존재가 거처
할 기반으로서, 하나가 되기 위한 공간을 우리 안에 제공한다는
것을 염두에 둘 때, 사랑을 인식함으로써 만족한다는 것은 오히
려 사랑을 호도하는 일이 되지 않을까요. 직접 사랑에 참여하고
경험함으로써 비로소 사랑은 존재의 거처를 마련할 수 있는 공
간을 얻게 되는 것이지요. 인간 존재의 내면 깊숙이에서 흘러넘
치는 현상으로서, 사랑은 막연한 인식의 대상으로 하기보다는
사랑의 현장에 대한 직접적이고 능동적인 '참여'의 순간으로 구
성되어 있습니다. 이것이 진정한 인간 실존이 아닐까요. 사랑은
형이상학이 아니라, 직접 우리가 감각하고 경험하는 세계에서
우리의 존재를 던져두는 것이니까요. 직접 사랑의 현장으로 뛰
어드는 시를 한 편 더 인용해 볼까요.

암호를 보낸다
너와 나만이 통하는 부호
숨 막히는 긴장 속에
바다 하나 떠오른다
잠겼다 떠오르는
섬을 너에게 보낸다

내가 보내는 이 비밀스런 암호를 해독하는 대로,
너는 그 섬으로 이제 돌아와야 한다

아무도 눈치채지 못한다

벽 하나를 사이에 두고 돌아와야 한다

아무도 눈치채지 못한다
벽 하나를 사이에 두고
만리장성을 쌓는다
기氣를 모으면
숨결조차 느껴오는 뜨거운 전류

세상의 눈치 속에서
너와 나만이 아는 세계 속으로
우리가 도킹하기까지는
번번이 암호를 바꾸어야 하는 부단한 고통

그러나 우리는 안다
보이지 않는 속에서
완전한 만남에 이르는
길 하나를…
　　　― 「通房」 전문

송유미 시인,

　사랑은 상대 안에서 자신의 존재에 대한 의식을 가지며, 진정
한 존재의 내밀성을 얻게 됩니다. 사랑은 표면적 실재에 관여

하지 않습니다. 사랑에 대한 참여, 즉 사랑한다는 것과 원한다는 것이 통합되어 자기 자신에게 존재의 모습을 주게 될 때, 이 둘은 하나의 형식 안에 포함되어 비밀스런 기호의 모습을 지니고 나타납니다. "바다"와 "섬"은 존재의 비밀스런 기호 다시 말하면 암호 속에 떠오르는 세계의 모습인 것입니다. 이것은 "벽"이 있기에 가능한 일일 테지요. 벽은 존재들의 협력을 방해하는 장애물로서, 그것을 뛰어넘으려는 의지는 실재의 기호가 아닌 암호로써 가능하다는 뜻입니다. 암호로 나타나는 내적 실존은 바로 우리 존재의 깊은 곳에 위치하고, 우리의 자아는 그 실존과 동시적이며, 이것이 사라진다면, 존재는 죽음과 허무의 심연에서 헤어나지 못합니다. 그러므로 사랑하는 존재는 "번번이 암호를 바꾸어야 하는 부단한 고통"을 감내해야 합니다. 그래야 "완전한 만남"을 기대할 수 있으니까요. 사랑한다는 것과 자신의 존재를 정립한다는 것은 동일한 일이며, 자신의 존재를 던져서 존재를 정립하기 위하여 "보이지 않는 속에서/ 하나로 만나"야 하는 것입니다. "너와 나만이 아는 세계 속으로/ 우리가 도킹하기까지는" 수많은 암호가 깔린 여정을 거쳐야 하리라는 예감이 없을 수 없습니다. "너와 나만이 아는 부호"인 "암호"를 해독하는 일은 "섬"을 너에게 보내어 아무도 눈치채지 못하게 "만리장성을 쌓는 우리의 사랑"을 완수하는 기초 작업이라 하겠습니다.

송유미 시인,

사랑의 고통은 존재를 고독 속에 유폐시킵니다. 그러나 고독 속에서도 인간 존재는 성장하고 확장됩니다. 사랑의 고통은 "뽑 아버리고 싶어요/ 앓던 사랑니 하나"(「사랑못」 부분) 같은 것이 지만, 그 고통은 고독안에서 존재의 깊이와 높이, 크기와 넓이를 더하게 합니다. "마음이 자꾸 넘치고 있어/ 지나친 사랑으로 자 꾸 너를 덮칠 것 같"(「위험수위」 부분)은 마음은 연인의 존재에 다 자신의 존재를 겹쳐 더 크고 높은 존재를 만들어내는 작업이 라 할 수 있습니다. 이 한 권의 시집에서, 사랑은 생명과 죽음, 생성과 소멸의 갈등과 고뇌의 과정을 거쳐, 제자리를 찾아가는 긴 노정의 모습으로 보여지고 있다고 말할 수 있습니다. 사랑의 욕망, 사랑하는 이들의 욕망은 참으로 아름답습니다. 그것은 온 누리를 덮어 눈처럼 순결이 반짝이는가 하면, 폭풍처럼 거센 힘 으로 세계를 몰아붙이기도 합니다. 사랑의 여러 모습이 들어있 는 이 한 권의 시집은 사랑의 기쁨과 고통, 사랑의 아름다움이 갈피마다 쌓여 있음을 볼 수 있게 합니다.

송유미 시인,

어제 내린 눈이 지금은 다 녹아 사라지고 없습니다. 그러나 군 데군데 아직 녹지 않고 쌓여 있는 눈의 흔적이 마치 이 시에 나오 는 어떤 암호처럼 반짝이고 있습니다. 시간과 공간이 시작된 이

래로 많은 사랑이 나타나고 사라져갔지만, 그들의 사랑은 녹지 않는 눈처럼 우주의 어딘가에 흔적으로 남아 있을 것입니다. 당신의 시와 사랑에 대해 장황한 말을 늘어놓긴 했지만 사실 사랑이란 말이 아닌 침묵으로 이어지는 것 아니겠습니까. 사랑은 침묵의 암호로 우리의 존재 위에 별처럼 반짝이는 것이니까요.

송유미 시집

당신, 아프지마

발   행 2022년 2월 15일
지 은 이 송유미
펴 낸 이 반송림
편집디자인 김지호
펴 낸 곳 도서출판 지혜 · 계간시전문지 애지
기획위원 반경환 이형권
주   소 34624 대전광역시 동구 태전로 57, 2층 도서출판 지혜 (삼성동)
전   화 042-625-1140
팩   스 042-627-1140
전자우편 ejisarang@hanmail.net
애지카페 cafe.daum.net/ejiliterature

ISBN : 979-11-5728-464-1 03810
값 11,000원

©사진/ 김아타 사진미술가

송유미

서울 중구 신당동新堂洞 출생. 중앙대학교 예술대학원(소설전문가과정). 《경향신문》, 《평화신문》, 《부산일보》, 《동아일보》 신춘문예(시, 시조, 아동극)당선. 시집 『살찐 슬픔으로 돌아다니다』, 『당나귀와 베토벤』, 『검은 옥수수밭의 동화』 등. '수주문학상', '김민부 문학상', '김만중문학상', '김장생문학상'(아동문학) 등. 계간 『시와 사상』, 『예술부산』, 『게릴라-관점21』 창간 편집장 외 《해운대 푸른신문》 편집위원 등. 현재 스토리텔러로 활동하면서, 사업에 몰두코 있다.

송유미의 연시집 『당신, 아프지마』에는, 사랑의 낭만과 환상을 그린 청년 백석이 보이고, 여성적 비애의 전통 정서를 읊조린 김소월이 비친다.

이메일 : kaliope50@hanmail.net